KB012396

"내, 내, 내, 내가 왜 저런 녀석과 혼례를 올리느냐?!"

변호중

"그런 연유로 제 1회.
심도 모르는 주인님에 대한 재판을 열겠습니다."

"예! 이건 도련님이 주신 소중한 선물이니까요!"

프로즌 하트

제2부 나와 호랑이님 연(緣) 2권

**카넬** 지음
**영인** 일러스트

# 목차

# 일요일의 이야기

난리법석을 떨었던 환영회가 끝난 다음 날. 나는 온 신경을 집중하며 어머니께 전화를 걸었다.

[우리 아들이 먼저 전화를 하는 건 오랜만인 것 같은데.]

어머니는 날카로운 목소리로 그리 말씀하셨지만 기쁜 기색이 없지 않아 보였다. 내가 워낙 전화라든가 문자 같은 걸 먼저 보내는 성격이 아니라서 말이야.

······변명을 좀 하자면, 내가 무신경한 탓이 아니다. 이게 다 아버지 때문이라고! 매일매일 아버지한테 전화로 밥은 어디 있냐, 반찬이 이게 뭐냐, 집에 와서 밥 차려라, 집에 오면 음식물 쓰레기 좀 치워라 등등. 그런 소리만 질리도록 듣다 보니 자연스럽게 전화 자체가 꺼려진 탓이다! 거기다 요즘에는 전화가 사건 사고 전파용으로 쓰이는 경우가 너무 많아졌기 때문이기도 하고. 무소식이 희소식이라는 말이 나한테는 진

리가 됐다.

"하, 하하하. 죄송해요, 어머니."

그래도 일단 중요한 건 '어머니의 날카로운 목소리' 부분이기에 나는 사과부터 했다. 어머니께 아버지의 평소 생활과 그로 인해 내가 가지게 된 통신 문물에 대한 증오를 말해 봤자 변명으로밖에 들리지 않을 테니까.

실제로도 변명이고.

[괜찮단다. 우리 아들이 왜 평소에 엄마한테 전화 한 번 안하는 무심한 자식이 됐는지는 알고 있으니까.]

몸이 오싹하게 떨리는 것과 동시에 통화기 너머에서 아버지의 목소리가 들린다.

[응? 여보? 갑자기 왜 날 그렇게 무서운 눈으로 보는 거야……요.]

[맞고 싶지 않으면 글이나 쓰세요.]

여전히 사이가 좋으시군.

[그래서 무슨 일이니? 네 성격에 단순히 안부나 전하려고 전화한 건 아닐 테고.]

"아, 그게 말이죠……."

내 손에는 이미 어머니께 말씀드릴 사항을 고민해서 적은 종이가 들려 있다. 몇 번이나 이 종이에 적힌 내용을 어머니께 말씀드릴 것을 연습했는데도 입이 잘 떨어지지 않는다. 훈련과 실전은 다를 수밖에 없잖아. 통화기 너머로 느껴지는 어머니의 기백이 나를 세희 앞의 치이처럼 만들어 버린다고.

[아들.]

어머니의 짧은 호명에 나는 허리를 쭈욱 펴며 외치듯 말했다.

"옙!"

[부모를 공경하는 건 아주 좋은 태도라고 엄마는 생각해요. 하지만 엄마는 우리 아들의 엄마에요. 자기를 낳아 준 엄마가 무서워서 하고 싶은 말도 못 하는 아들을 보면…….]

어머니께서는 말을 한 번 끊으시고 깊은 숨을 들이마신 다음 말씀하셨다.

[내가 강아지를 낳았다는 생각이 들어서 **많이** 슬퍼진단다.]

얼마나 슬프신지 내가 태어난 일을 없던 일로 만드실 것 같다! 나는 부들부들 떨리기 시작하는 손을 애써 진정시키며 말했다.

"아니, 그게, 사실 부탁드리고 싶은 게 하나 있는데 말씀드려도 괜찮은 걸까, 하는 생각이 들어서 그렇습니다!"

적막이 이렇게 무서울 때가 있다니. 나는 휴대폰 너머로 들리는 어머니의 숨소리 하나 놓치지 않기 위해 신경을 집중했고, 이내 살짝 들뜨신 어머니의 목소리를 들을 수 있었다.

[세상에!]

정정. 많이 들뜨신.

[우리 아들이! 엄마한테! 부탁을 하고 싶다고 했니? 어머, 어머. 옛날에 다 큰 줄 알았는데 아직은 이 엄마가 필요하다는 거지? 귀여워라~]

하지만 방심하지 않는다.

"정확하게 말하면 요괴의 왕으로서 의뢰가 있다고 해야 되겠지만요."

[그래? 뭔지 한번 말해 보렴. 듣고 결정할 테니까.]

본론을 이야기하면 어머니의 목소리가 차분하고 차가워질 거라는 사실을 예측했으니까.

[아. 그리고 만약의 경우지만, 내가 듣기에 엄마한테 부탁할 거리가 아니라고 판단할 경우, 우리 아들이 엄마의 관심이 필요해서 말한 거라고 생각하고 엄마의 사랑을 듬뿍 줄 거라는 걸 알아 두렴.]

괜찮아. 괜찮다고. 나래에게 사전 검수도 받았다. 이정도면 어머님의 심기를 거스르지 않을 거라고, 부탁을 들어주실 거라는 이야기까지 들었어.

**나래의 말은 그 누구보다 믿을 수 있다.**

나는 말했다.

"인간 쪽과 교섭을 하고 싶은데 어머니께서 도와주셨으면 합니다."

[대상을 명확하게.]

대답이 너무 빨라서 당황할 뻔했지만, 나는 곧 냥이를 데리고 오면서 있었던 일을 설명한 뒤, 이어 말할 수 있었다.

"요괴들의 존재를 알고 그들에게 간섭해 왔으며, 저에게 영향을 끼칠 수 있는 인간들입니다."

[……호오.]

어머니의 목소리 톤이 한층 더 가라앉았다.

[우리 아들은 명확하다, 라는 말의 뜻을 모르는가 보구나? 엄마가 우리 아들은 건강하게만 자라 줬으면 해서 공부 쪽은 신경 안 썼다고, 이렇게 엄마의 뒤통수를 치는 거니?]

# 히이이이이이익!!

"아니, 그런 건 아니고요! 일단 대상에 대한 정의부터 확실하게 말씀드리고 나서 그 대상들에 대해서는 메일이나 문자로 알려 드릴 생각이었습니다! 말로 하면 상당히 길어질 것 같아서요!"

[아, 그랬니? 얘는, 그런 건 먼저 말하렴. 엄마가 우리 아들을 오해할 뻔했잖니?]

호호호호, 웃으시는 어머니의 목소리에 다시 온기가 찾아왔지만 내 등 뒤에 난 식은땀은 사라질 생각을 하지 않았다.

[그런데 우리 아들.]

"옙!"

[엄마 생각에는 그런 건 아가씨한테 부탁하면 될 거라고 생각하는데?]

아가씨?

"아가씨가 누구에요?"

[……엄마는 우리 아들의 상식 수준이 걱정돼요. 하긴, 아직 어려서 그런가?]

어머니께서 낮게 웃으신 뒤 말씀하셨다.

[세희 말이란다.]

아아아아아아!! 그랬지! 남편의 여동생을 아가씨라고 부르지! 까먹고 있었다.

"아, 저도 세희에게 부탁해 볼까 생각을 하긴 했는데요. ……세희 성격상 이야기로 끝날 것 같지가 않아서요."

전에 랑이를 데리고 왔을 때, 무슨 무슨 조직들과 이야기를 하러 간다며 바둑이와 같이 간 녀석이 돌아왔을 때의 꼴을 보면……. 누구든지 세희가 거기서 무슨 일을 벌였을지 대충 짐작할 수 있을 것이다.

[하긴, 아가씨가 우리 첫째 며느리에 대한 일이라면 말보다 손이 조금 빨리 나가니까.]

조금이 아닙니다. 조금이 아니에요. 어머니께서 보시기에는 조금이겠지만 평범한 사람이 보면 절대 조금이 아니라고요. 하지만 나는 어머니께서 그 사실에 수긍하신 것에 더 무게를 두었다.

"그래서 교섭가이신 어머니께 의뢰를 하고 싶습니다."

[네 요구는?]

예상한 질문을 하신 어머니께 나는 준비한 대답을 꺼냈다.

"요괴들에 대한 인간들의 간섭 금지와 요괴들의 요권 존중. 요괴들의 사법권은 요괴의 왕에게 있다는 사실의 인정과……."

나는 나래와 함께 정리했던 것들을 어머니께 말씀드렸다. 내 이야기를 조용히 듣고 계시던 어머니께서 내가 입을 다물자 말씀하셨다.

[꽤나 무리한 요구를 하는구나. 그래서, 요괴의 왕은 그 대

가로 무엇을 내놓을 거지?]

"현 세계정세의 유지입니다."

즉, 다른 말로 하면 요괴들이 세상에 드러났다고 해서 세상이 크게 변하는 일이 없도록 하겠다는 말이다.

내가 이런 결심을 하게 된 건 역사를 배웠기 때문이다. 독일이 통일되었을 때의 이야기가 많은 도움이 됐다. 그 정도로 열심히 준비한 독일도 통일이 된 이후에는 많이 힘들었다고, 나래에게 배웠다. 인간들끼리, 그것도 같은 나라의 사람들도 진통을 겪었는데 인간과 요괴는 어떠할까. 다시 말해, 나는 그보다 더 많은 준비를 더 오랜 시간 동안 해야 한다는 말이다.

……뭐, 신선이 되어 가고 있다 하니까 시간은 충분하겠지. 세대가 두 번 정도 변하면 어떻게 되지 않을까.

[그거로 설득이 될 거라고 생각하니?]

어머니의 질문에 나는 고개를 끄덕였다.

"예."

[흠…….]

어머니께서 조금 생각에 잠기신 듯하다. 나는 그 사이 잠시 폰을 손으로 가리고 조심스레 한숨을 쉬었다. 긴장된단 말이야.

[알았단다. 우리 아들의 부탁, 받아들일게.]

나는 환호성을 지르고 싶은 마음을 주먹을 움켜쥐는 것으로 풀어냈다. 좋았어!

그렇게 나는 일찍 샴페인을 터트렸다. '요괴의 왕의 의뢰'가 아닌 '우리 아들의 부탁'이라고 말씀하신 어머니의 의도를 알아채지 못한 채.

　[그러면 엄마도 우리 아들한테 부탁하고 싶은 게 있는데.]

　"……예?"

　휴대폰 너머의 어머니께서 기분이 언짢아지신 것을 감으로 알 수 있었다.

　[설마 우리 아들. 엄마한테 거래의 기본 조건도 지킬 생각이 없었어요?]

　거래의 기본 조건=Give&Take.

　"아, 아닙니다! 설마요!"

　[……아항. 그렇구나. 우리 아들은 엄마가 아들한테 돈을 요구할, 피도 눈물도 없는 사람으로 보였구나?]

　나는, 어머니께서 푸른 화염을 등 뒤로 넘실거리면서 화내시고 그 밑에는 어째서인지 반시체가 된 내가 있는 모습을 보았다. 이건 환상이겠지. 환상이겠지만 나는 그대로 무릎을 꿇고 엎드려 빌었다.

　"죄송합니다! 그런 게 아니라 이건 의뢰니까 당연히 대금을 드려야겠다고 생각했습니다! 정말 죄송합니다, 어머니!"

　그래서 세희에게 돈 좀 마련해 달라고 부탁을…….

　잠깐. 잠깐만. 그러고 보니 내가 돈을 준비해 달라는 말에.


　"사람은 세상의 모든 것을 가지고 싶기에 손을 움켜쥐고 태어나지만 죽을 때는 세상 모든 것을 내려놓아야 한다는 사실을 깨닫고 손을 펴고 떠납니다. 즉, 세상에 돈이면 안 되는 게

16
나와 호랑이님 11

어디 있겠냐고 하지만 결국 사람은 돈이 있다 한들 시간의 차이는 있을지언정 결국 죽는다 이거죠. 주인님께서는 그 진리를 몸으로 깨닫기 위한 노력을 하실 생각이시군요."

라고 말하며 날 비웃었지! 설마 이걸 예상하고 있었나?! 젠장! 그랬으면 미리 말을 해 달라고!

[우리 아들.]

"옙!"

[일부러 의뢰라는 방식을 통해서 **내**가 요구할 대가를 돈으로 한정시킨 그 수법은 훌륭하지만……. 그렇다고 **내**가 모를 거라 생각했니?]

히이이이이익!

"죄, 죄송합니다! 잘못했습니다!"

[다음에도 이러면 그 때는 엄마도 집으로 돌아가서 엄마가 우리 아들을 얼마나 많이 사랑하는지 가르쳐 줄 거야. 알겠지?]

미리 말해 두겠다.

나는 어머니께서 집에 계시는 걸 싫어하지 않는다. 어머니께서는 집에 오실 때마다 나를 많이 사랑해 주시니까. 전에도 말한 것 같지만, 어머니는 일하다가 가끔씩 집에 돌아올 경우가 생기면 숨 막힐 정도의 애정을 보여 주시곤 했다.

다시 말해, 어머니와 나의 관계는 그리 나쁘지 않다.

하지만 그건 그거, 이건 이거다.

"예, 알겠습니다."

[그러면 엄마가 부탁 하나 해도 되지?]

명령을 내리셔도 괜찮습니다.

"예."

[엄마가 부탁할 건 별거 아니란다. 엄마는, 우리 아들이 엄마 얼굴에 먹칠하는 짓만 안 했으면 좋겠어요.]

……어머니께서 보시기에, 전 세계에서 지켜보고 있는 가운데 팬티 한 장 차림이 되어서 우리 함께 아이를 만들기 위한 가장 간단한 방법을 실천해요, 라고 말한 것은 얼굴에 먹칠하는 짓이 아닌 것 같다.

역시 우리 어머니. 산만한 호랑이를 며느릿감으로 점찍으시는 분다운 패기다.

[그런데 우리 아들이 요괴의 왕이 돼서 엄마는 걱정이 많단다. 우리 아들이 왕 노릇 잘못하면 어쩔까 싶어서. 그래서 말인데.]

어머니께서 본론으로 들어가실 분위기에 나는 신경을 집중했다.

[수신제가치국평천하(修身齊家治國平天下)라는 말 아니?]

…… '수신제' 가 '치국' 을 '평천하' 했다고? 역사 속에 수신제라는 황제가 있었나? 나라 이름이 치국이었어? 무슨 나라 이름이 그래? 평천하는 뭐지? 세상을 평평하게 만들었다는 말인가?

나는 이 모든 의문을 한 마디로 압축해서 말씀드렸다.

"모르겠는데요."

[……하아.]

저는 어머니의 한숨 소리에 작아지는 아들입니다.

[유교에 있는 이야기란다. 먼저 자기 몸을 바르게 가다듬은 후 가정을 돌보고, 그 후 나라를 다스리며, 그런 다음 천하를 경영해야 한다는 뜻이야. 엄마가 보기에 우리 아들은 자기 몸은 잘 관리하는 것 같단다. 별다른 사고는 안 치고 있잖니?]

어머니의 대범함이 하늘과 같다.

[그러면 그다음에는 가족에게 신경을 쓰는 게 맞겠지?]

"예."

[그런데 엄마가요, 아가씨한테 우리 며느리들이 우리 아들한테 불만을 가지고 있다는 이야기를 들었어요.]

그 말과 동시에.

내 그림자 속에서 검은색 한복 소매와 너무나 대조되는 새하얀 손이 쓰윽 올라오더니 주먹을 쥐고 엄지를 세운 채 다시 아래로 사라졌다.

지금 어머니와 통화 중만 아니었어도 저 손가락을 잡아 뒤로 꺾어 버렸을 텐데!

"그, 그게 한 달간, 일 때문에 너무 바빠서……."

[호오? 지금 엄마한테 변명하는 거니?]

"아닙니다!"

[잘했어요.]

봐주시기로 한 것 같다.

[그래서 어쨌든. 엄마가 교섭에 신경 쓰고 있을 때, 우리 아들은 우리 며느리들의 불만을 풀어 줬으면 한단다. 알겠지?]

거절이라는 단어는 어머니 앞에서 없다.

"알겠습니다!"

무엇보다 나도, 그동안 쌓인 아이들의 불만을 풀어 주는 동**시에 또 다른 불만이 생길지 모르는 위험을 사전에 방지**해야겠다는 생각을 하긴 했으니까.

[……엄마는 우리 아들이 믿음직스럽긴 하지만 그래도 많이 걱정된단다.]

그런데 어머니의 말씀에 내가 뭔가 놓친 게 있나 하는 생각이 들었다.

"예? 왜요?"

[우리 아들은 여심이라는 걸 모르니까.]

나래의 일이 있기 때문에 나는 아무 말도 하지 못했다.

[그러니까 우리 며느리들 의견을 잘 들어 보렴. 알겠지?]

"예!"

내 답변을 들으신 어머니께서는.

[만약……. 일이 제대로 안 될 경우에는 각오하렴.]

세상에서 두 번 다시 듣고 싶지 않을 말씀으로 대화를 끝내셨다.


그런 연유로 열린 가족회의.

나는 바닥에 앉아 등 뒤의 소파에 몸을 기댔고, 나래는 기다란 소파의 왼쪽을 차지했다. 덕분에 시아의 옆으로 미끈하면서도 탄력이 넘치는 다리와 허벅지가 살짝 보인다. 그렇다고 해서 고개를 돌리지는 말자. 나래의 매력에서 헤어 나오지 못하다가 결국 주먹에 침몰해 버릴 테니까.

랑이는 나래의 옆에 양반 다리를 하고 앉았다. 즉 내 바로 뒤에 앉았다는 말이 된다. 평소라면 내 옆이나 내 위에 앉았을 녀석이 거기에 앉은 이유는 소파의 오른쪽에 앉아 있는 냥이 때문이다. 랑이 옆에 앉았다고 기뻐하는 게 완전히 애다, 애. 자기는 티를 안 내고 있다 생각하나 본데, 꼬리가 춤을 추고 있다고.

치이와 페이는 내 맞은편에 불만스러운 표정을 짓고 앉아 있다. 그 이유는 내 다리 위에 앉아서 킹킹~거리며 기분 좋은 콧김을 내쉬는 아야 때문이다. 아야가 제179회 강성훈 무릎 위에 앉기 가위바위보 승부에서 이겼거든.

그리고 마지막으로 바둑이는 치이와 페이의 옆에 앉은 채 꾸벅꾸벅 졸다가, 그대로 옆으로 넘어져서는 몸을 웅크리고 잠들었다.

랑이와 냥이, 치이와 페이, 바둑이와 아야가 안방에 다들 모여 있으니 정말 대가족이라는 생각이 든다. 나까지 포함해서 일곱 명이나 되잖아.

"이거라도 드시면서 말씀들 나누세요."

"제가 준비한 거 가지고 생색내는 겁니까."

안 와도 되는 미친 창귀 둘이 부엌에서 과일과 음료를 준비해 와서 아홉 명으로 늘었다. 과일 접시 중 하나는 나와 치이, 페이 사이에, 다른 하나는 내 머리 위쪽의 공중에 쟁반째로 띄워 놓았다. 신경 쓰이지만 떨어지지는 않겠지.

세희와 가희마저 바둑이 옆에 나란히 앉은 후에야 나는 입을 열 수 있었다.

"어쨌든 이렇게 다들 한자리에 모은 건……."

나는 어머니와 나누었던 대화를 간략하게 설명한 뒤 말했다.

"그래서 나한테 불만이 있으면 말해 봐."

"내가, 내가 먼저 말하겠느니라!"

등 뒤에서 랑이의 목소리가 들렸다. 고개를 돌려 보니, 내 욕망이 잠시 나래의 다리를 훑어보았다, 랑이가 환한 얼굴로 번쩍 손을 들고서 눈을 초롱초롱 빛내고 있다.

……도대체 어디가 불만을 가진 사람의 모습이냐. 랑이가 입을 열려고 하는데 내 품 속에서 가시 돋친 목소리가 들려왔다.

"보나마나 아빠가 많이 안 놀아 줘서 불만이니라~ 같은 말이나 하겠지, 저 밥보."

"성훈이가 나하고 많이 안 놀아 줘서 불만이니……, 응? 아야야, 어떻게 알았느냐?"

머리카락으로 물음표를 만들며 묻는 랑이에게 아야가 키키킹~ 하고는 잘난 척을 하며 말했다.

"네 생각 정도야……."

"잠깐! 이 냉장고에 오래 둔 상추 같은 녀석이 지금 우리 흰둥이한테 밥보라고 하였느냐?!"

아니, 말하려다가 냥이의 불호령에 움찔 몸을 떨고는 내 옷을 꼬옥 쥐었다. 하지만 아야는 세희에게도 반항했던 녀석이다. 내 예상대로 아야는 이내 곧 당당하게 말했다.

내 옷은 쥔 상태로.

"밥보를 밥보라고 하는 게 뭐 어때서? 흑호님이라고 해도 이건 못 바꿔."

나야 저 밥보라는 호칭이 아야의 부끄러움을 숨기기 위한 방법이라는 걸 알지만 그런 게 여동생 바보인 냥이에게 보일까. 이내 꼬리털을 부풀리고서는 화를 내려고 했다.

그런 냥이를 말린 것은 랑이였다.

"괜찮으니라, 검둥아. 아야는 원래 부끄러움이 많은 아해라서 그런 것이니라. 정말 날 밥보라고 생각해서 그런 것이 아니니까 화내지 말거라."

……아니, 밥보라고 생각하긴 할걸.

"하지만 흰둥아! 네 말이 사실이라 한들 이런 것들이 쌓여 결국 집안의 기강을 어지럽히는 것이니라! 그리고 나는 흰둥이가 밥보라고 불리는 것을 참을 수 없느니라!"

이대로 놔두면 배가 산으로 갈 것 같기에 나는 뭐라고 말하려는 아야의 입을 손바닥으로 막으며 랑이에게 눈치를 줬다. 내 눈치를 읽었는지 랑이가 냥이의 손을 입으로 막고는 자신을 향해 불만의 시선을 보내는 언니의 머리를 쓰다듬어 주었다.

"나는 괜찮으니 화내지 말거라, 검둥아. 응?"

냥이가 랑이의 손을 치우며 말했다.

"흥! 내 이 일을 좌시하지 않을 것이지만 흰둥이가 그리 말한다면 지금만은 참아 주겠느니라."

그리고 나는 손을 물렸다.

"아얏."

"왜 나는 안 쓰다듬어 줘, 이 밥팅아!"

화난 이유가 뭔가 다르다고 생각한다. 일단 아야를 진정시키기 위해 머리를 쓰다듬고 있자니 맞은편에서 불만 가득한 목소리가 들려왔다.

"아우우우! 전 오라버니의 그런 모습이 불만인 거예요."

옛?

치이의 상상도 못 한 말에 나는 당황했다.

[동감. 치이, 말 잘함.]

페이까지 치이와 같은 생각인 것 같다.

[하렘의 기본 조건은 공평한 러브러브임. 우리도 애정 필요.]

"까우우우?!"

아니, 조금 다른 것 같다.

"전 그렇게까지는 말 안 한 거예요!"

[치이, 거짓말. 매일같이 자면서 '요즘 오라버니가 저하고 같이 안 놀아 줘서 쓸쓸한 거예요.' 같은 말 함.]

페이가 쓴 글은 치이의 필사적인 손짓에 연기로 흩뿌려져 사라졌다.

"제가 언제 그랬다는 건가요?! 그보다 폐이야말로 매일매일 요괴넷이라는 곳에 '한곳에 둥지를 틀었는데 외면받는 것에 대해서.' 같은 글이나 쓰고 있잖아요!"

폐이가 화들짝 놀라 했다.

[그거 어떻게 앎?]

"폐이가 글 쓸 때 몰래 보고 있었던 거예요."

폐이의 양 갈래 머리카락이 빙빙빙 돌아가기 시작했다.

[아무리 치이라고 해도 그런 건 보면 안 됨! 익명성 보장해야 함!]

"폐이가 먼저 시작한 거예요! 오, 오라버니한테 그런 말 먼저 한 게 누구인 건가요!"

치이와 폐이가 파닥파닥빙글빙글거리기 시작했다. ……애들은 싸우면서 큰다고 하니까 넘어가자. 그것보다는 구석에서 비릿한 미소를 짓고 있는 가희가 신경 쓰이니까.

"넌 왜 그러냐."

"지금 상황을 보니까 대충 불만이 뭔지 알 것 같아서요."

그게 뭐냐고 물어봤자 내가 알고 있는 대답이 나올 것 같기에 가만히 있으려고 하는데 세희가 입을 열었다.

"천한 것이 같은 자리에 앉아 있는 것이 아니겠습니까."

제발. 일을 복잡하게 만들지 말아 줘.

"언제까지 그런 옷을 입고 있을 겁니까. 로마에 가면 로마법을 따르라는 말이 있듯이 이곳에 머무는 이상 자리에 맞는 복장을 하시기 바랍니다."

"어머나, 세희 님. 역시 고귀하신 분이 보시기에는 제 옷차림이 마음에 안 드시는 건가요?"

가희가 보란 듯이 가슴 밑으로 팔짱을 껴서 보기만 해도 수명이 늘어나는 신체 부위를 강조했다. 거기에 답하듯이 세희의 등 뒤로 검은색 오라가 피어올랐다.

"나래 님보다 작은 가슴을 강조하느라 고생하십니다."

쾅! 하고 내 옆의 바닥이 내려앉았다.

"가만히 있는 사람 건드리지 마."

그 싸늘한 목소리에 시끌벅적하던 방 안의 온도가 3도는 내려간 기분이 든다. 하지만 워낙 몸이 차가운 세희는 신경을 안 쓰는 것 같다.

**"나래 님께서 가장 이 상황에 불만이 많아 보이시기에 드린 말씀입니다."**

"……알면 좀 가만히 있지?"

"그럴 필요 없이 나래 님도 저처럼 가슴이 드러나는 옷을 입으시는 게 어떤가요? 남자의 마음을 동하는 데 가장 좋은 부분을 그렇게 꽁꽁 숨겨서야……. 있던 남자도 떠날 거예요."

아, 저 미친 창귀들. 몽땅 다 성불시켜 주고 싶다.

그런 생각이 든 건 나래의 발가락이 내 옆구리에 닿은 것과 관련이 깊을 것이다. 나는 이 혼돈과 공포에 빠진 상황을 정리하기 위해 입을 열었다.

"아니, 잠깐만! 지금 이야기가 진행이 안 되고 있는데! 나한테 불만 있는 거 없어?"

"나가 죽지 그래."

"존재 자체가 불만이니라."

이상, 나래와 냥이의 불만이었습니다.

"그보다, 주인님."

세희가 말했다.

"이미 답은 정해 놓으시고 그런 말씀을 하시는 것은 별로 좋지 않습니다. 마치 떠보시는 것 같지 않습니까? 차라리 먼저 생각하시는 것을 말씀하시고 다른 분들의 의견을 듣는 것이 더 낫다고 생각합니다."

내 속 따위는 이미 다 알고 있다는 거지.

"알았어."

그래서 나는 내가 생각했던 것을 말했다.

"나는 이 자리에서 너희들이 나한테 가진 불만을 모두 말해 줬으면 해. 그리고 거기에 맞춰서……."

"""""""하아……."""""""

말을 하고 있는 도중. 쿨쿨 자고 있는 바둑이를 제외한 모든 요괴와 귀신들이 낮은 한숨을 쉬었다. 뭐, 뭐냐, 이 분위기. 내가 무슨 대역 죄인이라도 되는 것 같잖아?

"왜 그래?"

"그 정도로 여심을 모르는 것도 병이라면 병입니다."

나는 남자니까 모를 수밖에 없잖아!

"성훈아, 아무리 그래도 그건 좀 아닌 것 같으니라."

"기대를 안 하면 실망할 일도 없어, 랑이야."

"아우우우, 오라버니는 너무 무신경한 거예요."

[미연시 주인공도 성훈보다는 나음.]

"아빠는 가끔씩 사람 마음을 너무 모르는 것 같아."

"내 친히 너를 위해 물이 가득 담긴 쟁반 한 접시를 준비해 주겠느니라."

"전하. 정녕 여심을 모르시겠다면 저를 통해 배워 보시는 게 어떤가요?"

"그 천박한 몸뚱이로도 주인님의 병을 고칠 수는 없을 것입니다."

매도라는 매도를 다 받는 기분이다. 왜 그럴까? 설마 다들 있는 가운데 한 번에 이야기를 들으려고 한 게 잘못인가?

……이게 맞는 것 같지만, 솔직히 이해가 안 된다. 별 이상한 걸 신경 쓰네. 다들 한 가족이면서. 그런 생각을 하고 있을 때 세희가 갑자기 큰 한숨을 쉬었다. 완전히 나보고 보라는 거지, 저건.

"주인님께서 한심한 생각을 하고 계시는 것을 이유로. 제1회, 여심도 모르는 주인님에 대한 재판을 열겠습니다."

헛소리를 내뱉으며 세희가 손가락을 튕기는 순간! 평범한 집안이 갑자기 법정으로 변해 버렸다. 워낙 세희가 평소 말도 안 되는 짓을 많이 하기 때문에 당황하지는 않았지만.

"……뭐야, 이건."

내가 왜 죄수복을 입고 피고인석에 서 있는지는 모르겠다.

죄수 번호는 또 왜 5252야?

내 뒤에는 방청객석이 있는데, 거기에는 대충 만든 듯한 사람 모양의 풍선이 매달려 있다. 정면에는 재판관들의 자리에 나래와 랑이와 치이가 앉아 있다. 셋 다 법관 복을 입고 있는데 가운데 앉아 있는 나래는 묘하게 지쳐 보이는 표정이다. 나래의 왼쪽에 앉은 랑이는 팔을 들어 올리면서 자기 차림이 신기한 듯 훑어보고, 오른쪽에 앉은 치이는 "아우우? 아우우우?" 소리를 내며 당황한 듯 주위를 돌아본다.

그 앞으로, 양쪽에 있는 책상에는 각각 검사석과 변호인석이라고 적힌 명패가 놓여 있다. 먼저 검사석을 보면⋯⋯.

검은색 양복을 입었지만 멋지기보다는 귀여워 보이는 냥이와 폐이와 아야가, 변호인석에는 가희와 세희와 바둑이가 앉아 있었다. 아니, 바둑이는 책상에 턱을 기대고 후아아아~ 하고 자고 있다.


졌구만, 이 재판.


"그러면, 재판관님. 법정을 진행하시지요."

세희는 정확하게 나래를 바라보았다. 평소라면 내가 '왜?'라든가, '미쳤어?' 같은 반응을 보일 나래였지만.

"맘대로 해."

따지는 것도 귀찮다는 듯, 손에 든 나무망치를 쾅쾅쾅 두드린다. 그 소리에 일어난 건 냥이였다.

"피고, 강성훈."

"너 인마. 너무 적응 잘하는 거 아니야?!"

내 말에 냥이는 랑이와 같은 얼굴이라는 게 믿기지 않는 미소를 짓고서 내게 말했다.

"네 녀석을 괴롭힐 좋은 기회가 찾아왔는데, 사소한 게 무슨 상관이느냐."

"신경 써라!"

"어찌 되었건. 네 녀석은 흰둥이의 지아비가 되겠다고 전 세계에 공포한 이후, 자신의 일에 바빠서 하루 24시간 동안 같이 놀아 주며 행복하게 해 줘도 모자를 우리 흰둥이를 방치했다는 것을 인정하느냐!"

질문은 내게 했는데.

"그렇느니라! 성훈이는 한 달 동안 잘 안 놀아 주었느니라!"

대답은 랑이가 했다. 나는 지끈거리는 머리를 한 손으로 누르며 말했다.

"인정한다."

사실은 사실이니까.

"피고인도 인정했느니라. 이에 검사 측에서는 피고인에게 태형 5백 대를 구형할 것을 요청하느니라."

"실질적인 사형선고잖아?!"

"정숙."

나래가 쾅 하고 나무망치를 내려쳤다. 나는 억울해서 나래를 보았다. 나래는 될 대로 되라는 듯, 나를 내려다보고 있었다. 왜 그런 표정을 짓고 있는지 생각해 보려는 찰나.

"변호인 측, 변론해 봐."

나래의 말에 세희가 일어섰다.

"없습니다."

앉았다.

"야, 인마아아아아아!!"

"피고인, 하고 싶은 말 있어?"

변호인보다 나래가 더 도움이 되는 것 같다. 나는 이대로 진행되다가는 반죽음을 당할 것 같기에 온 힘을 다해 외쳤다.

"물론 내가 그동안 일에 쫓겨서 너희들하고 같이 놀 시간이 없긴 했지만! 그래도 나 나름대로 없는 시간 쪼개서 같이 놀려고 노력했단 말이야!"

"이의 있어!"

아야가 벌떡 일어나며 팔을 들어 나를 가리키며 외쳤다.

"아빠는 노력했다고 했지만! 키이이잉!! 내가 보기에는 아빠로서의 의무를 다하지 않았어! 혼자 쉬는 시간도 많았잖아!"

자식 키워 봤자 소용없다.

"아우우우, 그래도 오라버니는 열심히 해 준 거예요."

치이가 변호인석에 앉아야 하는 것 아닐까. 치이의 말에 아야가 발끈해서 뭐라고 말을 하려는 순간.

[결과 없는 노력은 의미가 없음.]

벌떡 일어난 페이의 글이 법정을 채웠다.

[거기다 피고는 시간을 공평하게 쓰지 않음. 자기 멋대로 했음. 난 그거 앎. 표로 만들어 놨음.]

페이가 손을 스치자 막대그래프가 화면에 떠 있는 노트북이 나왔고, 그걸 나래에게 건네주며 글을 썼다.

[증거 자료.]

……여자가 한을 품으면 오뉴월에도 서리가 내린다고 했었지. 나래는 조용히 아무 말 없이 노트북의 화면을 바라보았다. 노트북을 본 **나래가 살짝 아랫입술을 씹었다.**

"어디, 어디. 나도 한번 보겠느니라."

"저도, 저도 궁금한 거예요."

나래의 양옆에서 랑이와 치이가 슬쩍 고개를 들이민다. 표에 뭐라고 적혀 있는지는 잘 모르겠지만, 화면을 본 랑이의 표정이 밝아졌다. 치이는 열심히 표정 관리를 하는 느낌이고.

"으냐앗! 내가 일 등이로구나!"

"아우우우, 그래도 많이 놀아 주신 거예요."

둘이 그러거나 말거나 나래는 쿨하게 말했다.

"인정할게."

이대로라면 정말 태형 5백 대를 맞게 된다. ……설마 진짜 때리지는 않겠지만 그에 상응하는 뭔가를 당할 거야. 나는 급하게 변호인석을 보았다.

세희는 잡지를 읽고 있었고 가희는 생글생글 웃고만 있다. 바둑이? 바둑이는 침까지 흘리면서 잘 자고 있다.

"너희들도 뭐라고 말 좀 해 봐!"

"알겠어요, 전하."

……예상도 못 했던 반응이 나왔다. 가희가 팔을 들며 나래에게 말했다.

"재판관님, 발언해도 될까요?"

"뭔데?"

가희가 자리에서 일어나며 말했다.

"예로부터 영웅은 호색이라고 했지요. 즉, 상대해야 할 여자의 수가 많기에 어쩔 수 없이 소홀히 할……."

"너는 그냥 입 닥치고 앉아 있어라아아아!!"

내 고함이 재판장을 뒤흔들었다. 그러거나 말거나,

"성훈아. 최후 변론할래?"

나래는 조용히 재판의 끝을 알렸다. 아니, 내게 기회를 줬다. 여기서 검사 측과 재판관들의 불만을 잠재울 소리를 하라는 거겠지.

생각해라. 네 녀석의 잔머리는 이럴 때를 위해 있는 거잖아?!

문제: 아이들의 불만은?

답: 같이 놀 시간이 없었다는 것. 그리고 그 시간을 공평하게 나누어서 쓰지 않았다는 것.

그렇다면…….

나에게 여신의 번뜩임이 찾아왔다.

"좋아!"

나는 내가 생각했던 것을 말했다.

"나도 너희들이 불만이 많다는 건 알고 있어. 그러니까!"

모두가 나에게 집중하고 있는 상황에서, 나는 선언했다. 그것은 작금의 문제와 언젠가 생길지 모르는 또 다른 문제를 동시에 예방하는 신의 한수였다.

"일주일 동안 너희들이 바라는 것을 하나씩 들어줄게."

그 순간.

아이들의 눈빛이 변했다. 사흘은 굶은 야수가 눈앞의 고깃덩어리를 보는 눈빛 저리 가라 수준이네. 이러다가는 혹 떼려다 혹 붙일지도 모르겠다. 나는 급히 수정안을 덧붙여 말했다.

"잠깐, 잠깐. 물론 내가 들었을 때 이상한 게 아니어야 돼. 아니면 거절할 거다. 알겠지?"

이내 실망감이 감돌았지만 그럼에도 어느 정도는 만족한 분위기다. 나는 나래를 보았고, 나래는 낮은 한숨을 쉬고는 말했다.

"반론이 없다면 이것으로 폐정할게."

냥이는 뭐라고 하고 싶은 눈치였지만 언제 검사 측으로 달려왔는지 모를 랑이가 영화에 나오는 암살자처럼 자기 언니의 입을 막고 있었다. 나래는 그 모습을 보고 후…… 하고 한숨을 쉬고는 나무망치를 세 번 쳤다.

나는 훗날.
이 결정을 후회하게 된다.

# 월요일의 이야기

지리산의 아침은 이르다.

학교를 다닐 때가 더 늦잠을 잘 수 있을 정도로 말이야. 그렇게 된 이유는 아이들이 10시쯤이 되면 다 졸려 하기 때문에 그런 것도 있지만.

"으냐앙~."

분명히 밤에는 자기 방에서 잠들지만 낮에는 내 방에서 일어나는 랑이 때문일 것이다. 예전에는 몰랐지만 다른 사람과 같이 자는 건 꽤나 불편한 일이거든. 형제나 자매끼리 같은 방을 쓰다가 독방을 쓴 경험이 있다거나, 혼자서 잘 살고 있는데 갑자기 여친이 생긴 뒤 생각에도 없던 동거를 한 경험이 있다면 내 말을 마음 깊은 곳에서부터 이해할 수 있을 것이다. ……후자는 그냥 한번 예시로 들어 보고 싶었다.

나는 그런 적 없어.

나는 그런 적 없다고.

어쨌든.

나는 오늘도 내 몸 위에 팔다리를 올리고서 쿠울쿠울 잘 자고 있는 랑이를 슬쩍 밀고서 일어나 앉아 간지러운 머리를 긁었다.

"흐아아아암~."

늘어지게 하품을 하고 기지개를 켠 뒤 몇 번 입을 쩝쩝거리고 나서야 잠이 달아났다. 나는 옆을 내려다보았다. 랑이가 이제는 완전히 잠옷이 된 와이셔츠를 입고서 하얀색 팬티를 빼꼼 드러낸 채 세상모르게 자고 있다. 내가 민 탓인지 이제는 대 자로 뻗어 버려서 와이셔츠 안으로 손을 집어넣고 통통한 배를 긁적긁적하면서 "음냐음냐~." 하는 소리를 낸다. 내가 저런 짓을 했으면 참 보기 싫을 텐데 랑이는 이렇게나 귀여우니 세상은 역시 외모 지상주의와 어린애 지상주의가 지배한다는 것을 알 수 있다.

아아, 정말. 어린애는 최고에요. 이대로 배에 얼굴을 묻고 흡하흡하하면서 저 보들보들한 뱃살을 마음껏 느끼며 손을 아래로 내려 포동포동한 허벅지를 쓰다듬······.

잠이 덜 깼나.

나는 이불 속에서 일어나 다시 한번 늘어지게 하품을 하고 랑이를 흔들흔들 깨웠다.

"으으~."

잠에서 깨기 싫은지 신음 소리를 내며 눈가를 찌푸린다.

"야, 일어나라."

이제는 완전히 엎드리고 근처에 굴러다니는 베개를 잡아 가서 머리를 꾸욱 누른다.

"아직 밤이니라……."

내가 호랑이 요괴와 사는 건지 꿩의 요괴와 사는 건지 모르겠군.

랑이는 정말 일어나기 싫은지 꼬리를 힘없이 추욱 늘어뜨리고 있다. 그래도 내가 허벅지를 쿡쿡 찌르니까 꼬리가 물결처럼 흔들흔들 움직인다. 그 모습이 귀여워서 엉덩이라도 툭 칠까 생각했지만 또 때렸다는 소리를 듣기 싫어서 가만히 놔두기로 했다.

뭐, 일어나기 싫으면 어쩔 수 없지.

"난 분명 깨웠다."

"웅……. 안 깨워도 됐느니라……."

착 가라앉은 목소리에 나는 실소를 흘리고 자리에서 일어나며 말했다.

"그럼 난 잠도 다 깼으니까 먼저 씻으러 갈게."

그 순간.

"으냐아아아~."

랑이가 언제나처럼 엉덩이를 뒤로 쭈욱 빼며 몸을 부르르 떨면서 거창하게 기지개를 폈다. 나는 다시 한번 웃고서 가만히 랑이를 기다려 주었다.

랑이는 이내 무릎을 안쪽으로 모은 채 일어나 앉아서는 졸린 눈을 비비며 평소보다 가라앉은 목소리로 말했다.

"나도 같이 가겠느니라."

평소라면 여러 가지 이유를 대면서 거절했겠지만 오늘만은 다르다.

오늘은 월요일. 순서 정하기 가위바위보에서 일 등한 랑이가 바란 소원은 다른 거창한 것이 아니었다. 월요일 하루 동안 나와 떨어지지 않겠다는 것. 그야말로 랑이 다운 소원이었다.

……그 소원에 냥이가 한바탕 난리를 폈다는 것과 다른 아이들의 눈이 번쩍였다는 것은 넘어가자.

"그러면 일어나."

"성훈이가 업어 주면 좋겠느니라."

나는 아무 대답도 하지 않았고 랑이가 입술을 삐쭉 내밀며 말했다.

"옛날에는, 옛날에는 막 어부바어부바해 주기도 하고 목말도 태워 주고 빙빙 돌려주고 그랬는데 왜 요즘에는 그러지 않느냐. 랑이는 그것이 불만이니라."

그때야 너를 그냥 돌봐 줘야 하는 어린애라고 생각했으니까 할 수 있는 짓이었지.

지금?

지금은 돌봐 주고 책임져야 하는 내 사랑하는 여자다. 물론 나는 정상적인 성 가치관을 가지고 있기에 랑이를 아무리 사랑한다고 해도 특별한 상황이 아닌 이상 손을 댈 생각은 없다. 하지만 그렇다고 해서 사랑하는 사람과 신체 접촉을 했는데도 이상한 생각이 들지 않는다는 것은 아니다. 가끔씩 뭔가 간질간질 해진단 말이야. 그렇기 때문에 나는 랑이와 스킨십을 자주 하지 않으려고……

옙. 변명이었습니다. 그냥 부끄러워서 그렇습니다. 보는 눈도 많아졌고 제가 한 말도 있어서 그렇지요. 그리고 무엇보다 내 마음가짐이 달라진 것이 크다.

"우~. 왜 아무런 대답도 없느냐."

랑이가 입술에 손가락을 대고서 나를 올려다보며 볼을 부풀렸다. 무시한 건 아닌데 무시한 꼴이 되어 버린 것 같아서, 나는 사과할 겸 랑이의 한층 더 토실토실해진 허리를 두 손으로 안아 들었다.

"오옷!"

눈치 빠른 녀석이 내 허리를 끌어안으려고 두 다리를 크레인 머신처럼 벌린다. 살짝 팬티가 보인다. 그러거나 말거나 랑이는 내 허리를 두 다리로 꼬옥 감싸 안고서 내 목에 팔을 둘렀고, 나는 두 팔로 랑이의 엉덩이를 지탱했다. 어부바는 아니지만 이거로 되겠지. 살짝 팬티 아래로 손가락이 들어간 건 실수다.

"가자."

"응!"

나와 랑이는 욕실로 향했다.


날씨가 선선해져서 샤워를 할 필요는 없기에 나와 랑이는 가볍게 세수를 하고 머리만 감았다. 젖어 버린 긴 머리카락을 수건으로 꾸욱꾸욱 누르면서 물기를 빼고 있자니 욕실 문이 열리며 냥이가 들어왔다. 나와 랑이는 동시에 고개를 돌렸고, 둘의 시선을 동시에 받은 냥이가 말했다.

"우리 흰둥이의 고운 머리카락을 그따위로 말리다니, 용서할 수가 없느니라!!"

아, 예, 동생이 너무너무 좋아서 어찌할 수가 없어 씨, 아침부터 수고 많으십니다.

냥이가 성큼성큼 걸어오더니 나를 발로 퍽 걷어찼다. 힘의 가감은 했는지 넘어지는 일은 없었지만 나는 주춤주춤 물러나야 했다.

"우리 소중한 흰둥이의 머리카락은 내가 말려 주겠느니라."

그러면 나야 고맙긴 하지만, 그 소중한 흰둥이의 뺨이 부풀어 오른 건 어떻게 할 거냐.

"우우우우~. 아침부터 왜 그리 심술이느냐, 검둥아. 성훈이가 잘 말려 주고 있는데."

"심술은 누가 부렸다는 것이냐. 그리고 잘 말려 주고 있기는 뭘 잘 말려 주고 있다는 것이느냐. 머리도 안 길러 본 저런 녀석이 긴 머리 말리는 법을 잘 알 리가 없지 않느냐."

한 5년 정도 머리를 길러 보고 싶은 생각이 들었던 때도 있었지만 그랬다가는 어머니께 "반항하니?" 같은 말씀을 들을 것 같아서 바로 포기했었지.

"오랜만에 성훈이하고 즐거운 한때를 보내고 있었는

데……."

랑이의 볼멘소리에 냥이가 말했다.

"어차피 한평생 같이 살 사이 아니느냐. 즐거운 시간을 보낼 시간은 아직 많이 남아 있느니라. 그에 비해 이 언니하고 같이 할 시간은 그리 길지 않을 것이지 않느냐? 그러니 지금은 저 멍청……, 아니, 딸기와 자두도 헷갈려 할 녀석보다는 나와 같이 즐거운 시간을 가지자꾸나."

나는 냥이의 말과 입가에 감돈 미소를 통해 이 녀석의 꿍꿍이를 알 수 있었다. 그런 식으로 나를 랑이와 떨어뜨리고 사랑하는 여동생과 같이 놀 생각이겠지.

하지만 말이다.

랑이가 그런 말에 넘어갈 리가 없잖아?

"응? 왜 검둥이와 같이할 시간이 길지 않느냐? 검둥이도 성훈이와 혼례를 올리면 되지 않느냐?"

……내가 생각한 이유와는 전혀 다른 말이 랑이의 입에서 튀어나왔다. 나는 당연히 지금까지 냥이와 같이한 시간도 기니까~ 같은 말을 할 줄 알았는데. 저런 말을 할 거라고는 상상도 못 했다.

"내, 내, 내, 내가 왜 저런 녀석과 혼례를 올리느냐?!"

그건 냥이도 마찬가지인지 얼굴을 빨갛게 물들이고서는 원흉인 랑이는 놔두고 나를 향해 증오와 분노에 가득 찬 시선을 보낸다.

내가 뭘 어쨌다고.

"네 녀석이 그동안 얼마나 문란한 생활을 지냈으면 눈보다 깨끗한 흰둥이가 저런 소리를 입에 담게 된 것이느냐!"

"아니, 랑이는 나와 만났을 때부터 그런 말을 잘했거든?"

내 말이 거짓이 아니라는 것을 알았는지 냥이는 잠시 생각에 잠기더니 눈을 부라리며 말했다.

"한 달 동안 쌓인 먼지를 닦아 더러워진 걸레 같은 귀신 녀석 탓이로구나!"

세희를 말하는 거다.

"그보다 검둥아."

"응?"

"성훈이가 머리 말려 줘야 하느니라. 검둥이는 비켜 주거라."

너희들이 그렇게 중요하게 생각하는 하늘이라도 무너졌냐.

"하, 하지만!"

"……안 나가면 오늘 하루 말 한 마디 안 할 것이니라."

"크으윽!"

냥이의 표정이 꽤나 복잡해졌다. 그래서 나는 냥이의 어깨를 쓰윽 밀며 돌아보는 녀석에게 승리자의 미소를 지어 주었다.

이게 언니와 남편의 차이다, 이 녀석아.

"이, 이놈이!"

너처럼 발로 걷어찬 게 아니라는 사실을 감사한 줄 알아라. 이것이 승자의 여유라는 거겠지만.

우하하하핫!!

나는 냥이가 보는 앞에서 랑이의 부드럽고 윤기 나는 머리카락을 말려 주며 살짝 혀를 내밀었다.

"두, 두고 보자꾸나……. 이 치욕은 언젠가 갚을 것이니라."

두 주먹을 쥐고 부들부들 떨며 복수를 다짐하는 냥이의 모습을 보니 꽤 기분이 좋군. 나는 냥이를 계속해서 놀리며 랑이의 머리를 말려주었다.

그 결과.

"애 머리를 이 꼴로 만들면 어떻게 해?"

나래에게 혼났습니다.

"뭐, 뭐가 문젠데?"

"머리가 엉켰잖아. 이러면 빗질하는 것도 힘들고 꼬는 것도 힘들어. 정말, 랑이 머리를 이렇게 하는 것도 재주면 재주다, 진짜."

아마도 냥이를 골리느라 엉망이 된 것 같다. ……난 두 가지 일을 동시에 할 수 없는 건가.

"나, 나는 괜찮으니라, 나래야. 너무 성훈이를 혼내지 말거라."

"혼내는 거 아냐."

나래의 말대로다. 혼내는 거였으면 예전처럼 일단 주먹부터 날아왔을 텐데. 요즘은 맞는 경우가 거의 없어진 것 같지만……. 그게 언제부터였지?

내가 그런 생각을 하는 동안, 나래는 솜씨 좋게 랑이의 머리를 빗겨 주고 이내 꼬아 주기까지 했다. 냥이가 그 모습을 어단가 부럽다는 듯이 바라보지만…….

이 녀석도 어딘가 나래는 잘못 건드리면 안 될 거라고 생각하고 있는지 아무 말도 하지 않았다.

이건 나도 조금 의외였는데 나래가 곰의 일족이라는 걸 알면서도 냥이는 세희와 달리 아무런 말도 하지 않았다.

아니, 오히려 조심스러워하는 눈치였다.

"그보다 냥이야."

"왜 부르느냐."

그리고 내가 눈치챈 사실을 나래가 모를 리 없다.

"왜 그렇게 날 어려워해?"

"……나는 오히려 네가 이상하구나. 곰의 일족의 차기 수장이면서, 웅녀의 신내림까지 받은 네가 나를 살갑게 대하려는 까닭을 모르겠느니라. 너희 곰의 일족은 그 커피 찌꺼기 같은 창귀 녀석만큼이나 나를 싫어하지 않느냐."

냥이의 꼬리털이 살짝 곤두섰다. 그에 비해 나래는 상냥한 어머니 같은 미소를 지었다.

"아직은 곰의 일족의 수장이 아니라서 그렇기도 하고…….
네가 랑이하고 닮아서 그런가? 겉모습은 꽤 귀엽잖아."

그에 비해 입에서 나온 말은 세속적이면서도 고개를 끄덕일 수밖에 없는 설득력 넘치는 사실이었지만. 냥이는 나래의 말에 살짝 얼이 나간 것 같다.

"겨, 겨우 그런 이유느냐?"

"자, 다 됐어."

나래는 대답 전에 랑이의 머리카락에 댕기를 매 주고서 등을 툭 밀었다. 그에 화답하듯 랑이가 우다닷 달려와서는 내게 폭옥 안겼다. 나는 랑이의 머리가 흐트러지지 않도록 조심스럽게 쓰다듬었다.

　"……내 말은 무시이느냐."

　나래가 고개를 흔들었다.

　"아니, 그런 건 아니야. 다만 네가 날 미워하거나 어려워할 이유가 없다는 걸 말해 주고 싶었어. 그리고 너도 일단 여기서 살게 된 이상, 짧은 시간이나마 날 편하게 대해 줬으면 좋겠다는 것도."

　"내가 왜 너와 그래야 하느냐."

　"랑이 성격 알잖아?"

　그 랑이는 내 배에 볼을 부비부비하면서 흡하흡하하고 있어서 너희 둘에게 신경을 안 쓰고 있지만 말이다. 그래도 둘의 목소리가 높아지면 언제 그랬냐는 듯 말리러 가겠지.

　"그리고 성훈이가 일주일 동안 애들의 소원을 들어주는 것도, 너하고 다른 애들의 사이가 좋아지게 만들려는 꿍꿍이가 있는 것 같아서."

　뜨끔. 말하지 않았는데도 속내를 들켜 버린 것 같아서 나래를 보니, 우리 소꿉친구님께서 눈빛으로 말씀하고 계셨다.

　모를 줄 알았어?

　나래는 역시 내 머리 위에 있구나.

　"호오, 네 녀석. 그런 생각을 하고 있었느냐."

냥이가 나를 본다. 나는 랑이가 이상한 소리를 하지 않도록 하기 위해서 귀를 부드럽게 만지면서 대답했다.

"수신제가치국평천하라는 말도 있잖아."

어머니께서 아이들이 불만을 가지고 있다는 말을 들었을 때 떠오른 생각은 두 가지. 하나는 전에 말했듯이 내가 일이 바빠서 아이들과 잘 못 놀아 주었다는 것. 그리고 다른 것이 냥이가 우리 집에 새 식구로 왔다는 것이다.

냥이는 예전부터 랑이를 대신해서 요괴의 왕이 해야 할 일을 대신하고 있었다. 세간에서는 흑호님이라고 불린 것 같은데, 그만큼 조금 다가서기 힘든 부분도 있을 수밖에 없다. 즉, 아이들과 서먹하게 지낼 수밖에 없다는 이야기다.

이것이 내가 생각하는 난리의 씨앗이다.

그리고 나는 더 이상 머리 아픈 일은 사양하고 싶다. 내가 고생할 일은 그런 것 말고도 많이 있으니까.

그리고 내 욕심일지는 모르겠지만 아이들끼리는 친하게 지냈으면 하는 생각을 가지고 있다.

이건 내가 이모님 댁에서 신세를 졌을 때의 경험에 기인한다. 그때 나는 사촌들과 사이가 좋지 않아 서로 서먹하게 지냈다. 결국 한차례 난리가 나고, 그 일로 서로 친해지고서야 그 녀석들의 이야기를 들었는데 그런 관계가 꽤나 스트레스로 쌓였다고 했었다. 만약 내가 마음을 고쳐먹고 손을 내밀지 않았으면 주먹을 내밀었을 정도로.

그 녀석들, 지금도 그렇지만 그때는 장난 아닌 왈가닥이었으니까.

어쨌든 그런 말을, 어머니께 배운 사자성어로 돌려 말했는데……. 어째서 나래와 냥이가 동그래진 눈으로 날 보는지 모르겠다. 랑이?

"응? 성훈아. 그게 무슨 뜻이느냐? 수신제라는 왕이 치국이라는 나라를 평평하게 만들었느냐?"

나와 자신의 상식 수준이 비슷하다는 것을 알려 주었다.

아이들과 함께 아침을 먹은 뒤, 나는 내 방으로 돌아갔다. 왜냐고?

내 예상과는 달리 냥이가 하는 일은 지금까지 세희와 페이가 했던 일만 대신 해 주는 거였지 내가 할 일을 대신 해 주는 게 아니었거든.

즉.

"느리구나."

나는 여전히 열심히 사인을 하고 있다는 말이다.

이게 뭐야아아아아아아!!

"잠깐, 잠깐! 예전에는 네가 이런 일 다 했다며! 그러면 지금도 네가 하면 되지 않냐?!"

냥이가 서류를 파닥거리면서 한심하다는 듯이 말했다.

"그야 그때는 우리 사랑스럽기가 영롱하기까지 한 흰둥이가 왕의 일을 나 몰라라 하고 있었으니 어쩔 수 없었던 일 아니느냐."

냥이의 말에 **책상 위에 드러누워 있는** 랑이가 몸을 움찔거렸다.

"나 몰라라 하지 않았느니라. 정말 몰랐던 것이니라."

냥이가 낮게 한숨을 쉬었다.

"흰둥이를 탓하는 것이 아니니라. 이게 다 그 다 타 버린 담뱃재 같은 녀석 탓 아니겠느냐."

담뱃재 같은 녀석이 바로 옆에 있는데도 잘도 말하는 게 대단할 뿐이다.

"그러면 저보고 안주인님께 일을 시켰어야 했다는 말입니까."

냥이가 털을 곤두세웠다.

"그랬다면 내, 하늘에 점지여 받은 이름을 걸고 너와 사생결판을 벌였을 것이니라."

"그러면 쓸데없는 말씀은 그만하시지요."

"흥!"

냥이는 콧김을 내뿜고는 다시 서류를 뒤적거리기 시작했다.

냥이가 일을 도와주고 나서 좋아진 점이 있다면 단 하나. 서류의 양 자체가 감소했다는 것이다. 전에는 3천 장이 넘게 올라오던 서류의 양이 지금은 천 장 내외가 되었다. 이 점에 대해서 세희에게 물어보니,

"그야 당연하지 않습니까. 지금까지 올라오던 서류의 대부

분은 주인님이 요괴의 왕이 된 사실에 불만을 가진 자들이 자신들이 처리할 수 있는 부분까지 맡겨 버린 거니까 말이죠. 그런 것들을 냥이 님이 보시게 될 경우, 무슨 일이 일어날지 모르니 자제하는 것이겠지요."

라는 대답이 돌아왔었다.

······즉. 지금까지 올라온 서류의 대부분은 로리콘 인간 말종 쓰레기인 네놈이 얼마나 잘하나 한번 보자~라는 식의, 악의에 가득 찬 것들이었다는 말이다. 나는 나름 열심히 해 보려고 하는데 그런 취급을 받고 있었다는 사실에 3분간 실의에 빠졌었다.

그런 나를 보고 랑이가 걱정이 되었는지,

"성훈아, 성훈아! 그럴 때는 나를 보고 기운을 되찾거라!"

라고 말하며, 책상위에서 엉덩이를 씰룩씰룩 팔을 바동바동하며 블루레이 화질로 촬영해 영구 보존하고 싶을 정도로 귀여운 춤을 추었으니까 금방 기운을 되찾을 수 있었지.

그건 그렇고.

"······."

"······."

랑이의 똘망똘망한 시선이 꽤나 부담스럽다.

아까도 말했지만 랑이는 지금 내 책상 위에서 옆으로 누운 채 나를 보고 있다. 책상 자체가 꽤나 크다는 것과 서류의 양이 줄어들었기 때문에 가능한 일이지.

어쨌든, 이 녀석은 오늘 하루 종일 같이 있고 싶다는 소원을 이용해서 평소에는 나래의 허벅지에 얼굴을 비비고 방바닥에 누워 배를 보이고 온갖 애교를 떨어야, 방해하지 않겠다는 약속을 하고서야 겨우 올 수 있는 내 방에 당당히 들어와 있다. 다행인 것은 나한테 어리광을 부리거나 놀아 달라고 졸라서 일을 방해하지 않는다는 거지만…….

"……"

"……"

지금처럼 일하는 모습을 계속 빤히 바라보는 것도 꽤 신경이 쓰인다는 거지. 결국 나는 사인을 하면서 서류를 조금씩이나 읽어 보면서 나라면 어떻게 대응했을까 생각하는 일을 잠시 멈추고서 랑이에게 말을 걸었다.

"내 얼굴에 뭐라도 묻었냐?"

"잘생김이 묻었느니라!"

# ""푸우우웁!!""

냥이와 세희가 동시에 뿜었다. 냥이는 배를 잡고 웃으면서 책상을 두드렸고 세희는 입을 가린 채 웃으며 허리를 굽혔다.

"자, 잘생김. 저놈 얼굴에 잘생김이 묻었…… 푸하하하핫!"

"쿡쿡쿡쿡, 아, 안주인님. 그런 말장난은 도대체, 쿠쿡, 어디서 배우신 겁니까."

야! 그만해! 그만하라고! 내가 더 부끄러워지니까 그만해! 내가 시킨 것도 아닌데 왜 부끄러움은 내 차지야?!

그에 반해 랑이는 지금 상황을 이해 못 하고 있는지 머리카락으로 물음표를 만들고서 오히려 되물었다.

"응? 왜 그러느냐? 검둥이와 세희는 일에 집중하는 성훈이의 표정이 너무너무 멋져 보이지 않는 것이느냐?"

야아아아아아!! 부끄러우니까 그만해라아아아아!! 아무리 네가 콩깍지가 끼었다고 해도 그런 말은 남 앞에서 맘대로 하는 게 아니야아아아!!

"전에는 잘 몰랐는데, 지금 보니까 성훈이는 집중할 때 정말 멋있어지는 것 같으니라."

냥이는 이제 꺽꺽대면서 죽어 가고 있고 세희는 소매에서 꺼낸 부채로 얼굴을 가리고 있었다. 그래 봤자 몸이 부들부들 떨리는 것 때문에 아직도 웃고 있다는 걸 숨길 수 없지만.

"그, 그만하고 일하자."

나는 붉어진 얼굴로 억지로 일에 집중하려고 했다. 하지만 옆에서는 웃다 죽는 냥이와 몸을 떠는 세희, 그리고 정면에 나를 빤히 바라보고 있는 랑이가 있는데 머리가 제대로 돌아갈 리가 없다.

그래서 나는 홧김에 옆으로 드러누워 살짝 아래로 살이 밀려 내려간 랑이의 배를 콕 찔렀다.

"우냐앗?!"

랑이가 화들짝 놀랐고,

"네놈, 갑자기 무슨 짓이느냐?!"

냥이가 웃음을 참지 못하면서도 바로 반응했다. 노린 건 아니었지만 냥이가 그만 웃도록 만든 건 큰 성과라고 볼 수 있겠네.

"아니, 그냥 한번 찔러 보고 싶어서."

가뜩이나 배가 말랑말랑한 랑이다. 그런데 옆으로 누워 있으면 중력에 의해 살이 살짝 아래로 쏠리게 되지. 즉, 안 그래도 토실토실한 랑이의 배가 부드러움의 결정체가 된다는 소리다. 생각 같아서는 손가락 전부를 이용해 쥐고 싶지만 그랬다가는 화를 낼 것 같으니까 약하게 찔러 보는 거로 타협했는데 넌 왜 그렇게 화를 내냐.

"나도 참고 있었는데!"

아, 예. 사상 최악의 시스콤님, 수고하십니다.


랑이가 몸을 뒤척거리거나 꼬리를 움직이거나 하얀 스타킹을 슬쩍 올리는 거로 내 시선을 잡아 놓곤 했지만, 어찌 되었건 일은 평소보다 엄청나게 이른 시간에 끝나 버렸다. 그러니까, 점심시간 바로 직전에 말이야.

그래서 마음 편히 점심을 먹을 수 있었는데.

"……왜 너희들은 날 피하냐?"

"아우우우? 저희가 언제 오라버니를 피했다는 건가요?"

[그런 적 없음. 자의식 과잉.]

"무슨 말을 하는 거야, 바보 아빠? 뇌세포가 다 죽었어?"

그렇게 말하고 글을 쓰는 도중에도 치이와 페이와 아야는 다들 나와 시선을 피했다. 나는 눈매를 좁혔고 그와 동시에 치이의 귀 위 머리카락이 파닥이기 시작했고 페이의 양 갈래 머리카락이 빙빙 돌아갔으며 아야의 꼬리가 붉어졌다.

다른 건 다 괜찮은데 아야의 꼬리가 붉어지는 건 좀 걱정이 되는군. 그래서 나는 아무 말 없이 식사에 전념하며 밥그릇까지 핥아 먹을 기세인 바둑이에게 말을 걸었다.

"바둑아."

이름을 불렀을 뿐이건만.

치이와 페이와 아야가 한 몸이 되어 움직였다. 먼저 아야가 바둑이의 입을 막고 치이와 페이가 두 팔을 한 쪽씩 막았다.

자기들은 원천 봉쇄를 하기 위해서 한 행동이라 생각했겠지만.

"으으응~!"

밥 먹는 걸 방해받은 바둑이가 **표정을 찌푸리면서** 몸을 터는 것으로 치이와 페이와 아야는 그대로 방구석으로 날아가 버리고 말았다.

와우.

"밥 먹을 때는 건드리지 마세요."

속담을 그대로 행동으로 표현한 바둑이가 다시 숟가락을 움켜쥐었다. ……아니, 바둑아. 지금 날아가 버린 애들도 걱정을 해 주는 게 좋지 않을까. 세희가 아무런 말이 없는 걸 보니 다친 것 같지는 않아 보이지만.

나는 아이들이 제정신을 차리고서 바둑이의 입을 막기 위한 시도를 하기 전에 다시 한번 물어보았다.

"바둑아. 애들이 왜 날 피하는지 알아?"

바둑이는 고개를 갸우뚱거리며 말했다.

"잘은 모르겠는데 아야가 맛있는 건 아껴 뒀다가 먹는다고 했어요."

그게 무슨 뜻이지? 맛있는 건 아껴 뒀다가 먹는다고? 어감으로 봐서는 아마도 내가 '맛있는 것' 취급을 받는다는 사실은 알겠는데…….

아항~. 알겠다. 다른 때라면 몰라도 어제 내가 아이들에게 했던 말과 연관 지으면 답이 나온다. 즉, 저 녀석들은 자신들이 소원을 비는 날을 더 즐겁게 지내기 위해서 나를 일부러 피하고 있다는 말이다.

……단지 그 이유만으로 나를 피한다고 생각하면 아이들이 상당히 불쌍하게 보이는데. 뭔가 다른 이유도 있겠지.

나중에 물어보자. 페이와 아야는 몰라도 치이는 어떻게 잘 구슬리면 말해 줄 것 같기도 하니까. 일단은 밥 먹는 데 집중할까. 그러기 위해서라도 나는 아직도 정신을 못 차리고 있는 아이들의 구조 활동에 나섰다.

정신 차려라, 이놈들아. 언제까지 헤롱헤롱거릴 거야?

아이들을 잘 추스르고 점심을 먹고 난 뒤.

나는 빈둥거리고 있다.

집에서 이런 여유를 가지게 되는 건 한 달 만이라 뭘 해야 할지 모르겠다. 그래서 나는 현재도 아무 짓도 안 하고 있지만 더욱 열성적으로 아무 짓도 안 하기 위해서 내 방에서 뒹굴뒹굴하기로 했다.

물론, 랑이도 함께.

"흐냐아앙~. 푹신푹신하느니라~."

랑이와 같이 예쁘게 갠 이부자리를 베개 삼아 머리를 기대고 누워 있자니 세상에 부러울 게 없다. 덥지도 않고 춥지도 않은 딱 좋은 날씨 때문일까. 이대로 있다가는 그대로 잠에 들어 버릴 것 같다. 나는 조금씩 무거워지는 눈꺼풀이 완전히 닫히기 전에 고개를 돌렸다. 랑이는 얼마나 졸려하고 있는지 보기 위해서였지만.

"……응? 왜 그러느냐?"

랑이는 의외로 눈을 반짝반짝하며 나를 올려다보고 있었다. 솔직히 놀랐다.

"안 졸려?"

"응."

신기한 녀석. 평소라면 점심도 먹었겠다, 꾸벅꾸벅 졸 시간인데 말이야.

"성훈이랑 이렇게 있는 게 너무너무 좋아서 가슴이 두근두근하느라 잠도 안 오느니라."

그러니까 왜 이 녀석하고 있으면 부끄러움은 나의 차지냐고. 나는 다시 고개를 돌려 방 안의 천장을 보며 말했다.

"그렇게 좋냐."

"응! 이렇게 편하게 아무 걱정 없이 성훈이하고 같이 뒹굴

뒹굴 하는 게 얼마 만이지 모르겠느니라!"

……지난 한 달간 단 한 번도 없었지.

"그래서 꼭 옛날로 돌아간 것 같아서 좋으니라."

"옛날은 무슨 옛날."

"헤헤헤."

랑이가 자신의 자랑인 귀를 만지작거리며 말했다.

"분명 시간은 두 달밖에 안 지난 것 같은데, 지금까지 살아왔던 오천 년보다 더 길게 느껴지느니라."

"그동안 잠만 자서 그런 게 아니라?"

랑이가 볼을 부풀리며 자그마한 손으로 내 가슴을 토닥토닥 두드렸다.

"성훈이는 가끔씩 내가 매일매일 잠만 잔다고 생각하는 것 같으니라."

가끔이라고 생각하는 네가 더 신기하다.

"아니었어?"

"우~. 심술궂다. 성훈이는 심술궂느니라."

랑이가 몸을 빙글 돌리며 내 위로 올라오더니 그대로 앉았다. 슬쩍 앞으로 몸을 숙이면서도 내 가슴에 손을 올려 몸을 지탱시킨다. 옛날 생각이 나는 자세지만, 그때와는 달리 지금의 랑이의 얼굴에는 웃음꽃이 피어 있었다.

"하지만 나는 그런 성훈이가 너무너무 좋으니 어쩌느냐? 성훈이만 보면 가슴이 두근두근 뛰고 만지작만지작하고 싶고 어리광 부리고 싶고 칭찬받고 싶고 사랑받고 싶어서 정말정말 어찌해야 할지 모르겠느니라."

……하고 싶은 걸 다 하면서 뭘 물어본데? 나는 손을 들어 랑이의 볼을 쓰다듬으며 말했다.

"정말 모르겠어?"

"성훈이가 알려 주었으면 좋겠느니라."

랑이가 허리를 숙인다. 점점 나와 가까워진다. 랑이가 눈을 감았다. 나는 랑이의 뒤통수에 손을 대고 내 사랑하는 이의 입술이 닿아야 할 목적지를 인도해 주었다.

## "이 부끄러움을 모르는 것아 아아아아아!!"

해 주려고 했다.

"악!!"

랑이의 입술이 닿기 전에 어디선가 날아온 담뱃대에 이마를 맞지만 않았어도 말이야.

갑자기 찾아온 아픔에 나도 모르게 허리를 일으켜 앉았고 연쇄 반응처럼 랑이가 뒤로 발라당 넘어지고 말았다. 그러는 가운데에서도 두 팔로 바닥을 치며 완벽하게 낙법을 취한다.

좋아. 나는 랑이의 안전을 확인한 후, 한 손으로 이마를 짚으며 좋은 분위기를 박살 내 버린 원흉을 향해 소리쳤다.

"뭐하는 짓이야!"

냥이는 얼굴을 붉게 물들이고서, 랑이 전문가인 내가 보기에는 부끄러움과 분노가 적절하게 섞여 있는 표정이다, 나에게 소리쳤다.

"네, 네놈이야말로 우리 흰둥이에게 무슨 짓을 하려 했느냐!"

나는 당당하게 말했다.

"뽀뽀."

이번에는 부싯돌이 날아왔다. 우왓! 남의 머리를 깨뜨릴 일 있냐?!

"아직 혼례도 안 올린 놈이 벌써부터 우리 흰둥이의 옥체를 탐하고 있구나!"

"왕은 난데?"

"그 옥체가 이 옥체가 아니다 이 망할 놈아!"

둘 다 똑같은 옥체(玉體)지만.

냥이가 분노를 삭이지 못하고 씩씩대자 그림자에서 가희가 나와 옆에서 부채질을 해 주기 시작했다. 그러는 사이.

"웃차!"

어리둥절해서 가만히 누워 있던 랑이가 팔 힘을 이용해서 몸을 뒤로 한 바퀴 돌리더니 벌떡 일어났다.

"왜 그러느냐, 검둥아? 왜 갑자기 성훈이를 때렸느냐?"

"몰라서 묻느냐, 흰둥아? 저, 저, 저 잡것이 네 앵두 같은 입술을 훔치려 들지 않았느냐!"

랑이가 눈살을 찌푸렸다.

"성훈이는 잡것이 아니니라!"

아니, 나. 솔직히 지금 잡것 맞는데. 인간도 아니고 신선도 아니지, 아직 어린 랑이하고 뽀뽀하려고 했지. 종적인 측면에서 보든 사회적인 통념에서 보든 잡것 맞다.

경찰 아저씨! 저입니다! 저예요! 저를 잡아가세요!

"그리고 성훈이하고 뽀뽀는 옛날에도 많이 했느니라! 왜 인제 와 그러느냐?"

"그때는 내가 흰둥이 옆에 없었으니 어쩔 수 없었던 것이니라! 하지만 지금은 내가 옆에 있으니, 오늘부터 이 언니가 흰둥이에게 제대로 된 연애에 대해서 가르쳐 주겠느니라!"

"으냐앗? 제대로 된 연애?"

랑이가 이상한 데 관심을 보이는 것 같다. 냥이가 무슨 소리를 하려고 하는지 대충 알 것 같은 나는 한숨이 나올 것 같았다. 남녀칠세부동석이니, 뭐니. 이런 소리 하면서 나하고 랑이를 떨어뜨리려고 하겠지.

"그렇느니라!"

냥이가 당당하게 말했고.

"연애 한 번 못 해 보신 주인님께서 그런 말씀을 하시니 재밌네요."

옆에서 가희가 초를 쳤다. 하지만 냥이는 꼬리를 쫙 세우며 털을 부풀릴망정 떳떳하게 말했다.

"내 일에 바빠 짝을 찾을 수 없었지만, 그래도 요괴넷을 운영하며 수많은 연애 이야기를 많이 들어 왔느니라!"

갑자기 세현이 떠올랐다. 여자 손도 못 잡는 녀석이 에로 게임과 인터넷 게시판 좀 돌아다녔다고, '나는 여자들의 사고 패턴에 대해서 모두 알게 됐지, 후후후후. 지금 나래는 너에게 반해서 언제든지 두 다리를 벌릴 준비를 하갸아아아아악!!' 라는 말을 한 뒤 나래에게 가랑이가 찢어질 뻔했던 추억이 있거든. 그러고 보니 그 녀석, 잘 있으려나.

내가 이런 아무래도 상관없는 일을 떠올리고 있을 때, 여느 때처럼 귀신같이 나타나 내 뒤에 앉은 세희가 냥이의 말에 맞장구를 쳐 주고 있었다.

"하긴, 제대로 된 연애 한 번 못 해 본 작가가 미소녀 하렘 러브코미디를 쓰는 일도 흔히 있으니까 말이죠."

무슨 예시가 저 따위야.

"그러니 거기서 잘 들거라."

"응. 잘 듣겠느니라."

랑이가 무릎까지 꿇고 경청할 자세를 취하자 냥이가 꼬리를 움직이더니 화이트보드를 꺼냈다. 그리고 거기에 적은 내용은 다음과 같다.


1. 스킨십은 과하지 않게.

2. 데이트는 최소 일주일에 한 번씩.

3. 선물은 돈보다 마음과 정성이라는 걸 잊지 않기.

4. 상대방에 대한 배려와 존중은 필수.

5. 기념일은 챙길 수 있는 것은 챙기되, 서로 상의 하에 결정할 것.

6. 싸웠을 때는 시간을 두고 이야기를 나눌 것.

7. 자기 자신을 잊지 않기.

……의외로 정상적인 것들이 많아서 나는 조금 놀랐다.

"……그야말로 이상론이로군요."

"저래 보여도 순정녀이시니까요. 모든 연애가 저리 되면 얼마나 좋을까요."

세희와 가희는 그렇게 생각하지 않는 것 같지만. 두 명의 창귀의 딴죽에 냥이가 고개를 휙 돌리며 말했다.

"뭐가 불만이느냐?! 수많은 고민 상담 글을 읽어 봤지만 연애라는 것은 저것들만 지키면 웬만한 문제는 일어나지 않으니라!"

"주인님, 사실 연애라는 것은 단순히 섹……."

싱글거리며 어린아이들이 알기에는 아직 이른 단어를 말하려는 가희의 입을 세희가 부채로 막았다. 잘했다, 세희야.

"모든 사람이 그럴 거라는 생각하는 그 천박한 뇌구조 좀 바꾸시지요."

"전 경험을 통해 배운 것을 말씀드릴 뿐이에요. 남자들은 모두 그 아랫도리만 만족시켜 주면, 웬만한 불만은 나오지 않으니까요."

"우물 안의 개구리라는 말이 있습니다."

**"그래서 그 밖의 세상은 아름다웠나요, 세희 님?"**

세희가 입을 다물자 가희가 색기 어린 미소를 지으며 나를 보았다.

"그러니, 전하. 마마의 교육은 저희 주인님께 맡기시고 저와 같이 밤일을 배우시지 않겠……."

가희는 차마 말을 다 잇지 못했다.

랑이가 그야말로 흰색 섬광이 되었으니까. 그 움직임이 얼마나 빨랐는지 내 눈에는 거의 보이지도 않았다. 그저 방문이 박살 나고 가희가 사라졌으며 그 자리에 반으로 부러진 창과, 그것을 랑이가 밟고 서 있는 것을 통해 대충 무슨 일이 있었는지 짐작할 수밖에 없었을 뿐.

하지만 그것보다 중요한 것은, 랑이가 지금 가희의 말을 이해하고 그에 화가 나서 행동에 나섰다는 점이다!

이 녀석, 어느새?!

"세희, 너도 내 심기를 어지럽힐 생각이 아니라면 자리를 피하거라."

랑이가 노기를 담고 그르렁 거리자 세희가 고개를 숙이고서 다시 그림자 속으로 들어갔다. 그제야 방 안이 조용해졌고, 랑이가 다시 무릎을 꿇고서는 냥이에게 말했다.

"검둥아, 이제 방해할 사람이 없으니 이제 무슨 뜻인지 설명해 주거라. 너무너무 궁금하느니라!"

정정.

랑이가 화가 난 이유는 가희의 말뜻을 이해하고 질투한 게 아니었다. 그저 냥이의 이야기를 듣고 싶어서 그런 것뿐이다. 그러거나 말거나. 냥이는 랑이가 자기 이야기에 관심을 가진다는 사실에 엣헴~ 하고는 어깨를 쭈욱 펴고 콧대를 높이고서 나를 향해 흥흥 콧김을 내쉬었다.

나한테 잘난 체하지 마라.

"알겠느니라, 흰둥아. 자, 첫 번째!"

그렇게 냥이의 연애 강의는 시작되었다. 랑이가 너무 흥미를 가져서 뭐라고 할 수도 없고, 어쩔 수 없이 나도 그 옆에 있어야 했다.

왜냐고?

랑이의 오늘 소원이 옆에 있어 주기를 바라는 거였잖아.


연애 강의는 저녁을 먹고 난 뒤 노을이 질 때까지 계속되었다. 그리고 그 결과로.

"이제부터는 그러면 곤란하느니라~."

랑이가 조금 이상해졌다. 그 뒤에서 고개를 끄덕이며 흐뭇한 미소를 짓고 있는 냥이를 무시하고서 나는 랑이에게 말했다.

"뭐가?"

"남들 앞에서 부비부비하고 쪽쪽하고 그러면 안 된다는 말이니라~."

여기 설득력 없는 말을 하는 요괴가 있습니다. 나는 몸을 배배 꼬면서 앙탈을 부리듯 손가락으로 나를 툭 하고 미는 랑이를 차가운 눈으로 바라보았다. 냥이가 스킨십은 적당히~라는 부분을 가장 길고 가장 힘 있게 이야기한 효과가 드러난 것 **같이 보인다.**

"하지만 손을 잡는 정도는 괜찮으니라~."

그런 내게 쓰윽 하고 손을 내민다. 부끄러워하는 모습의 랑이도 귀엽기는 하지만……. 음.

"아우우우, 오라버니. 랑이 님은 왜 저리시는 거예요?"

[뭐 잘못 먹음?]

"저 밥보가 이제 진짜 바보가 된 것 같네, 키히힝."

"에휴……."

나래의 한숨이 내 마음을 대변해 주는 마음이 든다. 그러거나 말거나 랑이는 지금의 태도를 고칠 생각이 없어 보인다. 나도 나 자신을 세뇌하는 데 재주가 있지만 랑이도 약간 그런 면이 없지 않아 있는 것 같네.

부부는 닮는다더니…….

"그리고 데이트! 내일은 나랑 데이트를 해야 하느니라. 우리가 연인이 된 지 벌써 두 달이나 지났는데 데이트는 제대로 몇 번 하지도 못하지 않았느냐?"

랑이의 작은 투정에 아야가 기분이 상했는지 탐스러운 꼬리를 앞으로 끌고 와서 쓰다듬으며 말했다.

"오늘 하루도 다 가는데 저 밥보는 뭘 믿고 저러는 거야?"

그에 비해서 치이는 고개를 도리도리하며 뭔가 안절부절못하고 있다.

"랑이 님은 조약에 안 들어온 거예요. 어떻게 하는 건가요?"

[치이는 걱정 안 해도 됨. 내가 목숨을 걸고 랑이, 막아 줌.]

"아우우우, 역시 페이밖에 없는 거예요."

치이와 페이가 손을 잡고 우정을 확인하고 있는 가운데.

랑이는 또 왜 저래?

나래가 내게 눈빛으로 말했다. 나는 어깨를 으쓱하면서 냥이를 보는 것으로 답했고 나래가 시선으로 말했다.

안 그래도 머리 복잡하니까 귀찮게 하지 마.

그래서 나는 더 이상 사태를 관망하지 않기로 했다.

"랑이야."

"에헤헷, 역시 검둥이가 말한 대로 하는 척하면서 데이트를…… 응?"

말했지? **효과가 있는 것같이**, 라고.

아무리 냥이가 열심히 그런 말을 해도 그런 말도 안 되는 사항을 랑이가 받아들일 리가 없다. 그러니까 지금의 말과 행동은 나와의 데이트를 하기 위한 수단에 불과하다는 말이다.

내가 머리를 굴릴 때 나를 지켜보던 어머니의 심정이 이러할까.

속이 빤히 보이는 음모를 꾸미고 있던 랑이가 고개를 획 들고서는 나를 보았다. 나는 거울을 보면서 연습한, 최대한 상큼해 보이는 미소를 지었다.

"냥이가 가르쳐 준 대로 할 거야?"

"응! 그러니까……."

나는 랑이의 말을 자르며 말했다.

"알았어."

랑이가 간과하고 있는 사실이 있다. 그건 나도 냥이의 강의를 계속 듣고 있었다는 거지. 이 녀석은 머리 자체는 똑똑한데, 아직 어려서 그런지 생각이 짧단 말이야.

"그런데 냥이가 분명히 이렇게 말했지? 상대방에 대한 배려와 존중은 필수라고."

"으, 응. 그랬느니라."

랑이의 목소리가 살짝 떨린 걸 보아 지금 분위기가 자신한테 안 좋게 흘러간다는 것을 알아챈 것 같다. 이 녀석도 나에 대해 잘 알게 되었으니까 그 정도는 눈치채 줘야지.

하지만 내가 이런 말을 할 줄은 몰랐을 거다.

"냥이가 일을 도와주느라 일이 많이 줄어들긴 했지만, 그래도 그동안 피로가 많이 쌓인 것 같아서 그런데……. 한동안 날 혼자 내버려 두면 안 될까?"

랑이가 소금 기둥처럼 되어 버렸다.

"옛?"

"랑이도 알고 있잖아. 내가 그동안 얼마나 열심히 일을 했는지. 그래서 그런데, 한동안 혼자 있고 싶어."

"그, 그런 것이 어디 있느냐. 그래서야 내 계획과는 반대이지 않느냐?"

발을 동동 구르며 아등바등하는 랑이를 싸한 눈으로 바라본 것은 나에 한하지 않았다.

"랑이 님이 머리를 쓴 거예요."

"저런 걸 머리를 썼다고 생각하니까 밥보가 좀 불쌍해지네."

[10점 만점에 3점.]

아이들의 한심함 가득한 시선에 랑이가 으냐앗, 하고 반 발자국 물러났지만 이내 한 걸음 앞으로 나서며 외쳤다.

"검둥이의 이야기를 모두 다 따르는 척하면서 그것을 무기로 성훈이와의 데이트를 노린 내 완벽한 계획이 뭐가 잘못되었다는 것이느냐?!"

"희, 흰둥아. 그런 것이었느냐? 나, 나를 속인 것이느냐?"

조금 전만 해도 으쓱으쓱 기분 좋아 보이던 냥이가 크게 당황한다. 저 녀석은 머리도 좋으면서 왜 자기 동생에 대한 건 예측을 잘 못 하는 건지. 여동생 사랑에 눈이 머는 건가? 그리고 그 사랑받는 여동생은 언니가 충격에 빠졌다는 사실에 당황했다.

"엣? 아니, 그게 아니라 검둥아. 그러니까, 그게……."

허둥지둥, 이러지도 저러지도 못하는 랑이를 도와주기 위해 나는 짝, 하고 박수를 쳐서 분위기를 환기 시켰다. 랑이가 머리카락으로 느낌표를 만들고서는 나를 보았다. 나는 다시 한 번 상쾌한 미소를 지으며 말했다.

"랑이야."

"으, 응?"

"조금 전에 말한 그 계획이라는 거에 대해서 듣고 싶은데?"

좋은 쪽으로 도와준다고는 안 했다.

내 장난에 랑이가 로봇이 되어 버렸다. 딱딱 끊기는 목소리와 몸짓을 보이며 랑이가 말했다.

"계, 계획이라니~. 랑이는 그런 거 모르느니라~. 에헤, 에헤헤헤헷."

랑이는 꾀를 써도 밉지 않은 게 참 신기한 일이다.

하지만 그건 그거. 이건 이거.

"흐냐아아아앙~. 싫으니라아아아아~. 오늘은 아직 다 안 갔지 않느냐아아아앙~."

그 벌로 랑이는 월요일이 아직 다 가지 않았음에도 불구하고 나래와 같이 잠자러 가기 형에 처해졌다. 자다가 일어나서 내 방으로 오면 세 시간 동안 받아쓰기 형도 추가로 받기로 하고.

그렇게 랑이의 소원을 들어주기로 한 월요일이 지나갔다.

# 화요일의 이야기

오늘 소원을 들어줄 아이는 치이다.

옛날이었다면 마치 월화수목금까지 열심히 일한 뒤 주말을 맞이하는 사회인 같은 기분을 느꼈겠지만 요즘은 다르다. 내가 견우성을 다녀온 이후. 치이 녀석도 도대체 무슨 일이 일어난 건지, 아니면 직녀성에서 무슨 마음이라도 고쳐먹었는지 행동거지가 꽤나 대담해졌다고 할까…….

랑이와 폐이의 영향을 많이 받은 모습을 보이거든.

그래서 나는 마음의 준비를 해 두고 일을 마친 후, 치이에게 물어보았다.

내가 뭘 해 줬으면 좋겠냐고.

"아우우우……."

치이가 귀 위 머리카락을 파닥이면서 뭐라 말을 잇지 못하는 게 나의 불안감을 증폭시킨다. 도대체 무슨 소원을 빌려는 거야?

"오, 오라버니."

"응?"

치이가 드디어 결심을 했는지 치마폭을 주먹으로 꼬옥 말아쥐며 두 눈을 꼬옥 감으며 귀 위 머리카락을 파닥이면서 외치듯 말했다

"오늘은 오라버니를 오, 오, 오, 오……."

오?

……잠깐, 설마?!

"오빠야~라고 부르게 해 주시는 거예요!"

눈을 꽉 감은 채 대답을 기다리고 있는 치이와 달리 나는 진이 빠졌다. 뭐, 뭐야. 겨우 그거였냐. 휴……. 다행이네. 난 또 치이가 너무 말을 힘들게 해서…….

으아아아아아앗!! 나의 순수함이 도대체 어디로 가 버린 거냐! 이상한 단어나 떠올리고 말이야! 이게 다 세희와 페이 때문이다! 그 녀석들이 나에게 이상한 지식을 너무 주입시켰어! 이러다 주입식 변태가 될 것 같다고!

"아, 안 되는 거예요?"

이제야 눈을 뜨고서 불안한 눈동자로 나를 보는 치이를 보고서야 나는 현실로 돌아올 수 있었다. 그래, 치이야. 내가 다 미안하다. 우리 치이는 이렇게 착하고 순진한 여동생인데 말

이야. 내가 널 오해하고 말았구나.

"그래, 괜찮아. 그렇게 불러."

그리고 난, 앞으로도 그렇게 불러도 된다는 말을 하려다가 입을 다물었다. 그건 지금까지 길러진 일종의 감 때문이었다. 그 감이라는 녀석이 나에게 경고했어. 그 말을 지금 하는 건 너무 이르지 않느냐고. 치이가 오빠야~라고 부르게 해 달라는 것에 저렇게 힘겨워했다는 것은 내가 모르는 무엇인가가 있지 않기 때문이 아니겠느냐고.

그리고 그것은 결과적으로 옳았다.

그 사실을 깨달은 것은 일을 다 마치고 점심을 먹을 때였다.

평소 치이는 페이의 옆에 딱 달라붙어서 이거 먹는 거예요, 저거 먹는 거예요, 편식하면 안 되는 거예요, 빵만 찾으면 안 돼요, 옷에 또 흘려 버린 건가요 등등. 내가 보기에는 나이 차이 많이 나는 동생을 돌보는 언니 같은 모습을 자주 보이곤 했다.

하지만 오늘은 조금 달랐다.

"응?"

"왜, 왜 그러는 건가요?"

네가 평소 랑이와 나래의 지정석이었던 내 양옆의 한 곳을 차지했다는 것 때문에 조금 당황했다고 말하기에는 조금 그렇기에 나는 말을 흐렸다.

"아니, 그런 건 아닌데……."

뭐라고 말을 해야 할까 생각 중일 때.

"으냐앗? 치이야, 거긴 내 자리이니라!"

냥이와 이야기를 나누는 사이에 자기 자리를 빼앗겨 버린 랑이가 내 고민을 날려 버렸다. 뒤에서 남모르게 꼬리를 세우는 냥이와 같이, 랑이도 치이에 대한 경계심 때문인지 입술을 삐죽 내밀면서 내 옆으로 다가왔다.

그 순간.

"밥보야, 너 잠깐 이리 와 봐."

"응?"

[이리 와 보는 거.]

"왜, 왜 그러느냐?"

폐이와 아야가 길거리에서 가끔 보이는 공부보다는 음주 가무에 관심을 가지는 형들처럼 랑이를 불렀다.

"오면 가르쳐 줄 테니까 일단 와, 이 느림보야."

"누가 느림보란 말이느냐?"

랑이는 자신의 말을 증명이라도 하겠다는 듯이 빛과 같은 속도로 움직여 아야와 폐이의 사이에 섰다. 그러자 아야와 폐이가 랑이의 양팔을 잡아서 자기들 사이에 강제로 앉혔다. 갑작스레 당한 일이라서 그런지 랑이는 반항 한 번 못 하고 털썩 주저앉혔다.

"응?"

"오늘은 나하고 같이 밥 먹어, 이 비동맹아."

"응? 응? 내가 왜 그래야……."

[우리 둘하고 밥 같이 먹는 거 싫음? 우리 사이, 그런 사이?]

랑이가 눈에 띄게 당황하는 모습을 보인다.

"아니, 그런 건 아니니라. 하지만……."

랑이가 나를 향해 고개를 돌리려는 시도는 아야의 두 손에 방해당했다.

"지금 내가 같이 먹자고 하는데 싫다는 거야, 이 건망증아?"

"그, 그게 아니라……. 서, 성훈이하고 같이……."

[충격. 랑이, 나와 아야를 싫어하는 거였음.]

"아니니라, 그런 건 아니니라! 가, 같이 밥을 먹자꾸나! 응! 같이 밥을 먹는 것이니라!"

랑이가 결국 두 손을 들며 아야와 페이를 양옆에 두고서 밥을 먹기로 한 것 같다. 하지만 슬쩍슬쩍 내 쪽을 향해 눈빛을 보내는 게 못내 아쉬운 것 같다.

뭐, 나야 랑이도 다른 아이들하고 같이 밥을 먹으면서 친하게 지내면 좋기 때문에 모르는 척하고 넘어갈 거지만……. 페이가 이쪽을 향해 엄지를 올리는 것과 옆에서 치이가 고개를 끄덕이는 것을 무시할 수는 없었다.

그제야 나는 어제 이 녀석들이 무슨 동맹을 맺었는지 확실하게 알 수 있었다.

아항~. 이런 거였군. 내가 눈치 못 챈 게 이거였나. 이 녀석들, 소원을 비는 날까지 나와 노는 걸 참는 것뿐만이 아니라, 그날 소원을 비는 아이에 한해서 전폭적인 지원까지 해 주기로 자기들끼리 짠 것 같다. 이리저리 방해를 하느니 차라리 하루를 즐겁게 보내는 쪽을 선택한 거구나. 꽤나 머리를 잘 썼네.

"오빠야~."

치이의 목소리에 나는 생각을 접었다.

"응?"

나는 고개를 돌렸고.

"아, 아앙~ 하시는 거예요."

치이가 얼굴을 붉히고서 전 하나를 잡아서 내게 들이밀고 있었다.

"어?"

······지금 이게 무슨 상황인지 저한테 설명해 주실 분? 치이가 이런 일을 하는 것은 처음이기에 나는 조금 당황하고 말았다. 아무리 치이가 요즘 들어서 성격이 조금 변하기는 했지만 이런 일을 할 정도는 아닌데?

내가 당황한 채로 굳어 버리고 있자 치이가 반찬을 한층 더 들이밀며 말했다.

"아, 아앙~ 아앙~ 하시는 거예요."

나는 잽싸게 내 반대쪽을 곁눈질로 봤다. 나래 님의 심기가 어떠신지가 지금 내가 때깔 좋은 귀신이 될 수 있는지, 아니면 아귀 같은 귀신이 될지를 결정한다.

즉, 죽는 건 기본 사항이라는 말이죠.

하지만 나래는 화난 기색 없이 밥을 먹고 있다. 화를 참고 있는 게 아니라 정말로 **화 자체가 안 난 것 같다.**

······상대가 치이라서 그런가? 아니면 다른 이유가 있나? 그것도 아니라면······.

"아우우우······. 오빠야는 치이가 이러는 게 싫은 거예요?"

앗차.

옆에서 치이가 가라앉은 목소리로 말한 것에 정신이 퍼뜩 들었다.

"아, 아니. 조금 당황해서. 너, 평소에는 이런 거 안 했잖아."

"오늘은 오라버니가 아닌 오빠야인 거예요. 오라버니는 몰라도 오빠야한테는 이런 것도 할 수 있는 거예요."

볼을 홍조로 물들이고 눈을 치켜뜨면서 살짝 들뜬 목소리로 말하는 치이의 파괴력은 굉장했다! 그 누가 이렇게 사랑스러운 치이의 요청을 들어주지 않을 수 있을까!

그래서 나는 입을 벌렸다.

······이렇게 누가 먹여 주는 밥을 먹는 건 오랜만인 것 같은데. 내가 먹여 주는 경우는 몰라도 말이야.

그렇게 치이는 점심을 다 먹을 때까지 간간이 내게 아앙~을 시도해 왔다. 그때마다 건너편의 랑이가 눈을 번쩍이곤 했지만 이내 페이와 아야의 고기반찬을 입에 던져 넣기 전법에 의해서 별 난리 없이 점심을 먹을 수 있었다.

점심을 먹고 난 뒤. 부른 배를 두드리며 뭘 해야 시간을 여유 있게 보낼 수 있을까 고민하고 있을 때.

"성훈……."

"밥보야. 우리 나가서 놀자."

[여자들의 우정 필요.]

"호오, 그렇다면 나도 같이 가겠느니라."

"으냐아아아아??"

내게 말을 걸려던 랑이가 아야와 페이에게 연행되었다. ……뭔가 저 녀석들도 필사적이군. 냥이는 단순히 지금 이 상황을 이용해 랑이와 같이 있고 싶은 것 같지만.

냥이는 꼬리를 살랑거리면서, 랑이는 아야와 페이에게 질질 끌려서 마루로 나가자 넓은 안방에 남은 건 나와 나래와 치이밖에 없었다.

"그럼 난 공부하러."

정정.

공부하러 자기 방으로 간 나래까지 제외하게 되자 나와 치이밖에 안 남게 되었다. 나래도 지금 상황을 대충 알고 있어서 그런 건가? 아니면 다른 생각에? 어쨌든 갑자기 치이와 단둘이 돼 버리니 조금 어색한 기분이 든다.

"아우우우, 오빠야랑 단둘이 된 거예요."

그런 기분이 드는 거에는 치이의 태도가 평소와 조금 많이 달라진 것도 한몫한다. 내 옆에 슬쩍 앉아서는 엉덩이를 꿈틀거려 찰싹 달라붙는다.

"왜 그러냐?"

"오빠야가 좋아서 그런 거예요."

"……."

"꺄우우우~ 말해 버린 거예요. 말해 버린 거예요."

자기가 말한 게 부끄러워서 그런지 두 손으로 얼굴을 가리며 귀 위 머리카락을 파닥인다. 나도 치이가 날 좋아하는 건 알고 있었지만 이렇게 대 놓고 직설적으로 말한 건 거의 없는 경험이라 이상하게 부끄러워진다. 치이를 볼 자신이 없어서 슬쩍 고개를 돌리며 헛기침이라도 하려는데, 내 새끼손가락을 따스하고 작은 치이의 손이 잡았다. 살짝 놀라서 고개를 돌리니 치이가 내 쪽을 향해 몸을 숙이고서 고개만 살짝 위로 올린 채, 나를 바라보며 말했다.

"오빠는 어떤 건가요? 제가 좋은 건가요?"

아니, 아니, 아니!! 잠깐! 지금 이거 뭔가 이상하지 않습니까? 전에 있었던 일처럼 가희가 치이로 변신한 게 아닐까? 하지만 손이 따뜻한데? 아니면 뭐야, 이상한 약이라도 먹었나? 술이라도 마셨어?

아니면 치이가 이런 일을 할 리가…….

있습니다. 치이가 견우성에서 했던 일을 나는 아직 기억하고 있다. 그래서 나는 최대한 평상심을 유지하며 치이의 머리를 쓰다듬었다.

"응. 나도 치이가 좋아."

"꺄우우우~."

그렇게 격렬하게 부끄러워하지 마라. 내가 한 말에 내가 더 부끄러워지니까.

"저도 오빠야가 정말 좋은 거예요."

치이가 내 팔을 끌어안고는 그대로 머리를 기댄다. 랑이라면 아무렇지 않게 머리를 쓰다듬어 주었겠지만 평소에 이런 애정 표현을 거의 안 하는 치이이니만큼 내 당혹감은 화룡정점을 찍었다. 이, 이 녀석이 오늘따라 왜 이런데. 단지 호칭을 바꿨다는 거 하나로 이렇게 사람이 달라질 수가 있는 건가?

나는 그 의문점을 입에 담았다.

"오늘은 평소하고 조금 다르네."

"아우우우, 오늘은 오라버니가 아니라 오빠야인 거니까요."

두 번째 듣고 나서야 나는 치이의 말뜻을 제대로 이해할 수 있었다.

그래. 그런 거였나.

평소 치이는 나를 오라버니라고 부른다. 말 그대로 오빠라고 생각하는 거다. 하지만 오빠야~는 다르다. 오빠야~란, 연인 사이에서 나이 차이가 나는 남자를 여자가 애정을 담아 연인의 호칭으로 부르는 경우에 쓰이기도 한다고!

예? 연인 사이에서도 오라버니라고 부르며 사람들 보는 앞에서 아앙~ 하는 사람들도 있다고요? 그건 어디의 개념 없는 인간들인가요.

어쨌든, 오늘 치이가 나한테 바란 것은! 단순히 오라버니→오빠야라는 호칭의 변화가 아니라! 오빠→애인이라는 입장의 변화였던 것이란 말이다! 그것을 부끄러움 때문에 말을 돌려서 했다는 거지.

　……한 방 먹었군. 내가 치이를 너무 얕보고 있었어.

　하지만 그 사실을 알게 되자 나는 오히려 마음이 차분해졌다. 사람이 어둠에 공포를 느끼는 것은 그 너머에 무엇이 있는지 모르기 때문이라는 말도 있잖아? 나는 치이가 지금 왜 나에게 이리 살갑게 대하는지 깨달은 상황이다. 이러면 내가 어떻게 해야 하는지 알기 쉽지.

　아직 남자를 모르는 이 순진한 여동생에게 남자란 동물이 어떤 놈들인지 제대로 인식하도록 도와줄 수밖에.

　나는 치이의 드러난 어깨에 팔을 둘렀다.

　"꺄웃?"

　치이가 몸을 떨었다. 치이의 어깨는 매끈하고 부드러워서 만지는 재미가 있었다. 나는 옷이 거치적거리는 것에 조금 짜증 내면서 어깨부터 팔 위쪽까지 쓱쓱 쓰다듬으며 말했다.

　"그러면 나도 평소와는 조금 달라도 되지?"

　"아우, 아우우우……."

　치이는 귓불까지 붉히고서 고개를 푹 숙였다. 그 모습이 정말정말 귀여워서 이대로 머리를 마구마구 쓰다듬고 볼에 뽀뽀라도 할까 생각이 들었지만, 그런 짓은 분위기상 좀 아니지.

　나는 치이가 나를 남자로서 호감을 가지고 있다는 사실을 알고 있다. 이 녀석의 태도를 보고서도 모르면 그건 귀가 막힌 녀석이라든가, 눈치가 물벼룩보다 더 없는 녀석이거나, 현상 유지에 목숨을 거는 녀석이겠지.

그럼에도 내가 치이를 귀여운 여동생으로 대하고 있는 이유는 별것 아니다. 치이가 지금까지 그것을 바랐으니까. 아니, 정확히 말하자면.

**어른 모습이라면 모를까 이렇게 어리고 귀여운 녀석을 이성으로 여길 수 없었으니까.**

그런데 이 녀석이 나한테 저는 당신에게 이성으로 여겨지고 싶어요~라고 말한 거다.

그렇기에 나는 요 발랑 까진 여동생이 바라는 남자로서의 강성훈이, 이성에게 어떤 짓을 하고 싶어 하는지 깨닫게 해 줘야 한다.

그래서 나는 치이의 허리를 껴안고 그 목덜미에 얼굴을 묻었다.

"꺄우우우우?! 오라…… 오빠야?"

"가만히 있어, 치이야. 오빠가 천국을 보여 줄게."

"그, 그게 무슨 말인 거예요, 오라버니?"

당황해서 평소처럼 나를 부른 치이의 목덜미에 입술을 대고 혀로 훑으며 한쪽 손으로 허벅지 안쪽을 슬며시 쓰다듬었다.

"꺄우우우우우우우우우우우?!"

그리고 치이가 펄쩍 뛰다 못해 날아 버려서 천장을 뚫고 하늘로 날아올랐다. 후두두둑, 하고 돌이니 나무니 기와니, 별의별 게 다 떨어져 내리는 가운데.

"……."

나는 흙먼지 너머로 보이는 화난 표정의 세희에게 말했다.

"……미안. 장난이 심했다는 거 인정한다."

"무슨 까닭에 그런 짓을 한 건지는 알고 있습니다만, 모든 남성이 주인님 같지 않다는 것은 알아 두시길 바랍니다."

……그러냐?

하지만 두 달째 강제 금욕을 당하면 다들 나처럼 될걸?

치이가 나에게 놀림을 당했다는 것을 깨닫는 데에는 그리 오랜 시간이 걸리지 않았다. 치이는 그 즉시 볼을 부풀리고서 귀 위 머리카락을 파닥이며 내게 뭐라고 말을 하려고 했지만, 이내 발을 동동 구르고서는 휙 하고 몸을 돌려 밖으로 나갔다. 나는 그 사이에 건축 현장 근무자 분처럼 주황색 옷에 검은색 조끼를 입고 흰색 헬멧까지 쓰고서 너 때문에 망가진 집을 고치고 있다고 시위하고 있는 세희에게 말했다.

"잘 어울린다, 야."

조금 전까지만 해도 집의 일부분이었던 나무 조각이 내 몸의 일부분이 될 뻔했다. 나는 벽에 박혀 버린 나무 조각을 빼서 가지고 놀며 말했다.

"위험하잖아."

"간이 많이 커지셨군요, 주인님."

"네가 날 해치지 않을 거라는 걸 믿고 있으니까."

세희의 입가가 쓰윽 올라갔다. 거기까지는 좋은데 왜 소매에서 전기톱을 꺼내고 공포 영화에서나 나올 법한 흰색 마스크를 쓰는 거야.

"믿는 전기톱에 몸통 썰리고 싶으십니까. 어차피 신선이 되어 가는 중이라, 대대로 명이 짧은 이탈리아 가문의 남작처럼 몸통이 잘리는 정도로 금방 죽지는 않을 테니까 말이죠."

그 남작이라는 사람은 뭐하는 사람이야?

"농담 한 번 하는데 수고가 많구나."

"농담? 농담이라 하셨습니까? 지금 오랜만에 열렘에 한창이다가 필드 레어 몹을 발견해서 선타를 때려 템을 독점할 수 있었는데 집이 무너지고 결계에 손상이 가서 무슨 일인가 하고 급하게 왔더니 도련님의 장난질에 의한 거라는 걸 깨달아 분노라는 물이 인내심이라는 잔을 가득 채워 찰랑찰랑 흔들리고 있는 제게, 지금 농담이라고 하셨습니까?"

위이이이잉!! 전기톱이 굉음을 낸다. 돌아가는 톱날이 이쪽으로 향한다.

"몸이 반 토막 난다고 해서 걱정하실 것 없습니다, 주인님. 마술도 할 수 있는 일을 요술이라고 못 하겠습니까. 관객들이 박수를 치면 주인님의 몸도 다시 원래대로 돌아올 것입니다."

관객이 없다는 게 문제지!

나는 두 손을 공손이 모으고서 고개를 숙이며 용서를 빌었다.

"미, 미안해."

"……요즘 들어 너무 기어오르시는데 부디 자신의 처지를 잊지 않으셨으면 좋겠습니다. 저는 귀신이지, 요괴가 아니니까요."

나는 잘 모르겠는데 요괴와 귀신은 뭔가 다른가 보다. 하긴, 귀신이라는 건 인간이 죽어서 되는 거니까 요괴하고는 다르 겠지.

……그런 의미가 아닌 것 같지만.

나는 반성하는 차원에서 요술로 휘리리릭하며 무너진 집을 원 상 복귀하는 세희의 뒷모습을 보았다. 정말, 재주도 좋다니까.

**이런 녀석이 왜 랑이에게 먹혔는지 도저히 모르겠다.** 랑이 도 함부로 사람을 해할 만한 성격은 아니니까 분명히 무슨 이 유가 있을 텐데…….

"다 되었습니다."

"아, 고마워."

집은 언제 박살이 났냐는 듯 말끔하게 고쳐졌다. 음……. 요 괴들 중에서 이런 요술을 쓸 수 있는 애들을 골라서 인간들을 도와주면 꽤나 호감을 살 수 있지 않을까. 나는 그런 건설적 인 생각을 하면서 세희에게 말했다.

"그런데, 그런 요술 쓰는 거 힘들어?"

"여신을 부르니 고자가 되었다, 라는 만화에서는 1급 여신 이나 쓸 수 있을 법한 술식입니다."

……무슨 만화인지는 모르겠지만 참 끔찍한 내용이군. 여신 을 불렀다는 이유 하나만으로 고자가 되다니. 어쨌든 아무나 쓸 수 없다는 말인 것 같네.

"그보다 이대로 놔두셔도 되겠습니까?"

뜬금없는 세희의 말에 나는 나도 모르게 고개를 갸우뚱거
렸다.

세희가 토하는 시늉을 했다.

"……애들한테 옮은 거다."

"도련님도 어른들이 보기에는 애입니다만, 안 어울리니 그
런 짓은 하지 말아 주시기 바랍니다."

나도 무의식적으로 한 일이라고.

"알았어. 그보다 아까 한 말은 뭐야?"

"지금 이런 일이 일어나고 있습니다."

세희가 손을 한 번 휘두르자 허공에 영상이 비춰지기 시작
했다. 컴퓨터가 많은 걸 보니 페이의 방인 것 같다. 시점이 옮
겨지자 치이와 페이가 이야기를 나누고 있는 것이 보인다. 이
내 치이의 목소리가 들려왔다.

[아우우우, 완전히 당한 거예요.]

뭔가 상당히 분한지 두 팔을 위아래로 파닥파닥하고  있다.

[성훈, 은근히 약점 찌르는 데 능숙. 조심해야 함.]

잠깐, 잠깐.

"야, 이거 엿들어도 되는 거냐?"

내 상식적인 질문에 세희가 어깨를 으쓱하며 말했다.

"될 리가 있겠습니까."

"그런데 왜 그렇게 당당하냐."

"저니까요."

이 무슨 설득력.

"하지만 주인님께서 원하신다면 지금 당장이라도 그만두겠습니다."

나는 생각도 할 것 없이…….

[이렇게 된 이상 어쩔 수 없는 거예요!]

"잠깐, 조금만 더 보자."

잠시 결론을 미루었다.

세희가 비릿한 미소를 짓는 게 눈에 걸리지만 지금은 그런 것보다 치이가 무슨 짓을 하려는지 미리 알아 두는 게 중요하다. 아는 게 힘이라는 말도 있잖아?

"그렇다면 주인님께서는 자리에서 일어날 힘도 없겠군요."

부정 못 하겠네. 내가 아는 건 별로 없으니까.

[폐이, 그걸 주는 거예요.]

화면 속의 치이가 굳은 표정으로 폐이에게 손을 내밀었다. 그에 비해 폐이는 어리둥절해하는 눈치다.

[그거?]

[그거인 거예요.]

친한 친구라서 그런지 주어가 빠졌는데도 분위기로 알아들은 것 같다. 폐이는 난색을 표하며 고개를 가로 저었다.

[그건 내가 써야 함. 오늘 쓰면 내 차례 때 충전 안 됨.]

마음을 굳혔는지 진지한 표정의 치이가 마치 고양이처럼 네 발로 엉금엉금 폐이에게 다가갔다. 폐이는 도망치지 못하고 그저 허리를 최대한 뒤로 젖히며 글을 쓸 뿐이었다.

[아, 아무리 치이 부탁이라도 안 됨. 내가, 내가 쓸 거야.]

[페이.]

치이가 페이의 두 어깨를 붙잡았다. 페이의 시선을 피하려고 했지만 치이가 코가 닿을 정도로 얼굴을 들이미는 것으로 봉쇄당했다.

[우린 누구보다 소중한 친구인 거예요. 양보해 줬으면 하는 거예요.]

우, 우와. 무섭다, 무서워.

[하, 하지만…….]

그에 맞서는 페이도 눈이 빙글빙글 돌아가면서도 지지 않으려 열심이다. 그게 뭔지는 모르겠지만 정말 열심히구나.

[……그러면 이 방법은 쓰고 싶지 않았지만 어쩔 수 없는 거예요.]

치이의 눈매가 예리하게 변했다. 페이는 그 모습에 두 팔로 가슴을 가리며 뒤로 슬금슬금 물러난다. 보기에 따라서는 상당히 이상하게 보일 수도 있는 모습이로군. 만약 내가 치이를 대신했으면 그대로 경찰서에 신고해도 괜찮을 정도다.

[무, 무슨?]

[페이. 옛날에 오빠한테 상처 입혔던 거 기억하고 있는 건가요?]

페이가 고개를 끄덕였다.

[그때 페이는 저를 의심했던 거예요. 제가 페이의 곁을 떠날지도 모른다고 생각했던 거, 잊지 않았겠죠?]

……우, 우와. 치이야, 그 이야기를 지금 꺼내다니. 그건 너

무 치사하지 않냐?

"은혜 갚은 까치라는 것은 다른 시선으로 보면 은혜를 잊지 않는 것만큼 원한도 잊지 않는다는 말이 되기도 합니다."

세희가 순식간에 치이를 연쇄 원한마로 만들어 버렸다.

[치, 치사해!]

화면 속의 페이가 당황했는지 양 갈래 머리카락을 빙글빙글 돌리며 울상을 지었다. 그에 비해 치이는 당당한 승리자의 미소를 짓고 있다.

이 두 달간, 치이에게 도대체 무슨 일이 있었기에 이렇게 되어 버린 걸까.

"근묵자흑(近墨者黑)이라 하였습니다."

"페이 때문이냐?"

"……에고의 자기방어라 생각해 드리죠."

무슨 소리인지 모르겠습니다. 예. 절대로 저 때문에 우리 착했던 치이가 저렇게 되었을 거라는 생각은 하고 싶지 않거든요.

[그거, 저한테 넘기시는 거예요.]

[우우우우우…….]

그리고 페이가 울상을 지으며 두 손바닥을 비비며 뭔가를 꺼내려는 순간.

"응?"

화면이 사라졌다. 나는 세희를 보았다. 세희는 내게 한쪽 손바닥을 보이며 말했다.

"여기서부터는 입장료가 필요합니다."

"그게 뭔데?!"

"경이의 방에 가기 위한 조건입니다."

세희가 하는 말 중 내가 전혀 이해를 못 할 것 같은 것은 서브컬처의 패러디라는 것을 경험상 이미 알고 있다. 하지만 알고 있어도 짜증이 나는 건 어쩔 수 없단 말이지.

"그 입장료는 뭐로 대신하면 되는데?"

세희가 미소를 지었다.

"주인님의 비명입니다."

이 무슨 끔찍한 대가인가! 내가 거절의 말을 입에 담으려고 할 때, 세희가 기분 나쁜 미소를 짓고는 스르륵, 연기처럼 사라졌다.

그 이유를 깨달은 것은 드르륵 하고 방문이 열린 이후였다.

"오빠야~!"

평소와 달리 약간 성숙해진 치이의 목소리. 뇌가 제멋대로 그 목소리를 들은 경험을 떠올리는 가운데 몸이 자연스레 방문을 향해 돌아갔다.

그곳에는 치이가 당당하게 서 있었다. 평소와 다른 것이 있다면 내 고개가 위로 올라가야 했다는 것.

그제야 나는 치이가 페이에게 달라고 했던 그것이 무엇인지 깨달았다. 그것은, 예전에 페이가 냥이에게 받았던 부적이었다.

"헐."

치이는 그 부적으로 어른으로 변해 있었다. 치이의 어른 모습을 본 것이 이번이 처음은 아니다. 아라와 싸울 때도 봤었고, 견우성에 있었을 때도 봤었다. 하지만⋯⋯.

하지만 말이야.

그때는 치이가 한복을 입고 있었단 말이지. ⋯⋯한 번은 치마가 뜯어져서 아래에는 줄무늬 팬티만 입고 있었지만, 어쨌든! 적어도! 지금처럼!

하늘하늘한 원피스를 입고 있지는 않았어!

⋯⋯잠깐. 내가 지금 놀라는 이유를 이해 못 하고 있을 수도 있다. 사실 노출도가 더 낮아지긴 했으니까. 하지만 중요한 건 그런 게 아니다. 차라리 치이가 메이드복이라든가, 차이나 드레스라든가, 정장이라든가, 수영복이라든가, 팬티 한 장이라든가, 알몸이었다든가, 그랬다면 어떻게든 쉽게 대응할 수 있단 말이야! 하지만 지금 치이는 거리에서도 쉽게 볼 수 있을 법한 평범한 원피스를 입고 있다. 치이가 워낙 예뻐서 평범해 보이지는 않지만, 어쨌든! 지금 당장 저 모습 그대로 번화가를 돌아다녀도 이상하지 않단 말이다.

그것도 어른의 모습으로.

전에는 아이의 모습이라서 그저 '귀엽다~♥', '볼에 쪽쪽 하고 싶다~♥'로 끝났지만 지금은⋯⋯.

아까 말했지.

어른 모습이라면 모를까, 이렇게 어리고 귀여운 녀석을 이성으로 여길 수 없을 거라고. 이건 다시 말하면 어른 모습일 경우에는 귀여운 여동생이 아니라, 이성으로서 매력적인 동년배 여자아이로 보이고 만다는 것이다.

"꺄우우우. 그렇게 보시면 부끄러워요, 오빠야~."

치이가 볼을 붉히며 부끄러운 듯이 몸을 슬쩍 옆으로 돌리는 것에 나는 정신을 차렸다.

"미, 미안!"

이 어색한 적막은 도대체 뭐냐! 정신 차려라, 강성훈! 너는 서울 상공에 용이 날아다니는 것도, 남산에 거대한 호랑이가 앉아 있는 것도 본 사람이잖아! 치이가 어른이 되고 평범한 옷을 입고 왔다는 것만으로 이렇게 당황해서야 되겠어?!

"아우우우♥"

옆에 바짝 달라붙어 앉은 거에는 당황해도 되겠지?

"치, 치이야. 너무 가깝지 않냐?"

"평소에도 이렇게 앉았던 거예요."

"그, 그렇지."

뭐냐? 뭐냐고, 이 분위기. 여동생같이 여겼던 치이가 조금 커져서 평범한 옷을 입고 옆에 앉았다는 것만으로 이런 분위기가 만들어지다니, 이상하잖아? 그래, 이건 이상하다. 내가 이상한 거야. 치이는 부끄러움이 많은 애다. 그걸 내가 조금은 능글맞게 장난을 치면서 다가가는 입장이었다고.

이 분위기를 해소하기 위해서는 내가 평소처럼 치이를 대하는 수밖에 없다! 그렇다! 그런 것이다!

그래서 나는 자살을 시도했다.

"애들도 없는데 거기 말고 여기 앉는 건 어때?"

시간이 지나고 나면 그때는 일종의 공황 장애가 찾아와서 헛소리를 해 버렸다, 라고 생각할 만한 말이 튀어나왔다. 하지만 이미 말은 내뱉은 후였고, 손은 내 허벅지 위를 탁탁 두드리고 있는 상태였다.

말이 헛 나왔다고 생각하고 재빨리 말을 취소하려고 했던 때는,

"알겠어요."

이미 치이가 몸을 일으킨 뒤 내 허벅지 위에 자신의 탐스러운 엉덩이를 내려앉은 후였다.

무게가 다르다. 충만감이 다르다. 부드러움이 다르다. 상황이 다르다.

다르다. 다르다. 다르다. 다르다. 다르다. 다르다. 다르다.

그렇다. 다른 것이다.

치이는 더 이상 어린아이가 아니었고, 나는 어린아이를 대하듯이 말하면 안 되었던 것이다. 그 어리석은 행위에 나의 몸이 굳어 버리고 말았다. 움직이려고 하면 끼기긱 소리가 나며 관절이 부러질 것같이 빳빳하게 말이야. 그런 상황에서 치이가 움직였다.

"오빠야도 평소처럼 하는 거예요."

치이가 내 두 손을 잡아서 자기 배 위에 두르고 깍지를 끼었다. 위험해. 이건 위험하다. 손바닥에서 느껴지는 부드러운 배의 감촉이 너무 좋아서 위험하다. 손을 떼야 한다. 하지만

본능은 이성의 목소리를 거부한다.

　이대로 있어라. 기분 좋잖아? 뭐가 나쁘지? 네가 이상한 짓을 하려는 것도 아니잖아? 치이가 바라던 거잖아? 너한테는 아무런 책임도 없다고. 안방에 있는 사람도 너와 치이밖에 없는데 걱정할 건 없다고.

　하지만.
다른 건 몰라도 내면의 마지막 목소리는.
드르륵.
"성훈아, 잠깐 할 말이……."
문을 열고 들어온 나래에 의해 부정당했다.
"……."
"……."
"……."

　기묘한 침묵이 안방을 지배한다. 나래는 나와 치이를 보고는 살짝 입술을 벌리며 놀란 표정을 지었다. ……압니다. 이제 나래 님의 적절한 지도 편달의 폭력이 저에게 가해지겠죠. 하지만 나는 오히려 그것을 원했다. 그러면 이 행복한 감옥에서 벗어날 수 있을 테니까.

　하지만.
"바쁜가 보네. 나중에 봐."

**나래는 화를 내지 않고, 오히려 미소를 짓고는 밖으로 나갔다.**

거기에 당황한 건 나와 치이였다.

"아우, 아우우우?"

"……뭐, 뭐지?"

나중에 혼내려는 건가? 저축해 뒀다가 한 방에 터트려서 나를 저세상 끝자락에 닿게 만들 생각인가? 그런 생각이 들자 초조해져서 나도 모르게 다리를 살짝 벌리고 덜덜덜 떨었다.

"까우우우?!"

치이가 깜짝 놀라 하며 두 손으로 내 무릎을 짚는다. 그제야 나는 내 실수를 깨달았다.

이해를 못 하겠다면 지금 나와 치이의 자세를 짚고 넘어가자. 먼저 나는 소파에 앉아 있다. 그리고 그 위에 치이가 앉아 있다. 나와 치이는 일렬로 정면을 바라보며 앉아 있다는 말이다. 그런 자세에게 내가 다리를 떨면 어떻게 될까.

예. 자세가 흐트러지면서 치이는 내 양쪽 허벅지가 아닌 한쪽 허벅지에 걸쳐 앉게 됩니다.

그리고 자세한 설명은 생략한다.

잠시 허둥거리는 일이 일어난 후. 치이가 다시 내 옆에 앉았지만, 이미 누가 뭐라 할 것도 없이 둘 다 얼굴이 새빨개진 후였다. 아까보다 분위기가 더 이상해!

이럴 때 관심을 돌릴 만한 좋은 화제! 좋은 화제는 없나!

……그리고 난 이제야 내가 아이들에게 원하는 것 하나씩 들어주기로 한 이유 중 하나를 기억해 냈다. 역시 사람은 위기의 순간 재치를 발휘하게 되는구나!

"치, 치이야."

"예, 예! 오, 오라버니!"

재치를 발휘한 것은 내 뇌에 한정한다.

"저, 저기. 네가 생각하기에 냥이하고 잘 지낼 수 있을 것 같아?"

"흐, 흑호님이요?"

치이가 눈을 동그랗게 뜨며 되묻는다. 좋았어. 일단 조금 전에 있었던 일에서 관심을 돌리는 데 성공한 것 같다.

"응."

"아우우우……."

치이는 잠시 고민을 하다가 살짝 가라앉은 목소리로 말했다.

"흑호님은 옛날에는 나쁜 분은 아니라고 생각했지만……."

치이가 말을 흐리는 이유를 나는 알고 있다. 치이가 나를 찾아오게 된 것, 그리고 한 번 죽었다 살아난 것. 그리고 소중한 친구의 일. 그 모든 것의 뒤에는 냥이가 꾀한 음모가 자리 잡고 있으니까. 치이 입장에서는 상당히 미묘한 입장일 것이다.

나는 말을 잇지 못하는 치이를 위해 대신 입을 열었다.

"한동안 냥이는 우리 집에 있어야 할 텐데……. 괜찮겠어?"

치이가 고개를 숙이며 말했다.

"오라…… 아니, 오빠야가 바라시면 괜찮은 거예요."

"치이야."

나는 치이의 어깨를 잡아 내 쪽을 바라보도록 했다.

"꺄우우우?"

"내 사정 같은 건 생각하지 말고. 난 치이의 생각을 듣고 싶은 거야."

"아우우, 아우우우우……."

치이가 얼굴이 붉어져서는 시선을 피하려고 한다. 그래서 나는 치이가 페이한테 했던 일을 그대로 해 주었다.

"오, 오빠야? 어, 얼굴이 너, 너무 가까운 거예요."

누구 때문인데.

"이야기해 주면 떨어질게."

*"그, 그러면 이야기하기 싫어지는 거잖아요."*

자기는 작게 말한다고 했겠지만 거리가 너무 가까워서 다 듣고 말았다. 세희가 예전에 가르쳐 준 대로 모르는 척해 주자.

"응?"

"꺄우우우우!! 아무것도, 아무것도 아닌 거예요!"

당황해서 귀 위 머리카락만으로 모자란지 두 손까지 흔들어 댄다. 그 모습이 귀여워서 잠시 지켜보고 싶은 마음도 들었지만 그보다는 치이의 마음을 듣는 게 먼저다.

냥이는 다른 아이들과의 경우와 다르다. 나래, 랑이, 치이, 페이, 아야. 모두 조금 문제가 있었지만 우리 집에 머물게 된 것은 각자의 선택이었고 그것을 서로가 이해하고 인정해 주었다.

하지만 냥이는 다르다.

내가 랑이를 위해서 거의 반 억지로 데려온 것이나 마찬가지니까. 즉, 지금까지 가족이 늘어난 것과는 그 경우가 다르다는 말이다. 나는 그 관계를 조정해 줘야 할 책임이 있다.

그렇기에 나는 치이의 눈을 똑바로 바라보며 진지하게 물었다.

"그러면 말해 줄래? 냥이가 우리 집에 머무는 거에 대한 치이의 생각을 듣고 싶어."

그런데 넌 왜 귀 위 머리카락을 파닥이는 거에서 끝나지 않고 고개를 최대한 뒤로 젖히면서 귓불까지 붉히냐.

"이, 일단 떨어지는 거예요! 떨어지면 말씀드리는 거예요! 오, 오빠야는 가끔씩 너무 대담해지는 거예요!"

아, 단순히 부끄러운 거였나 보다. 그래서 나는 한 손으로는 치이의 허리를 부여잡고 다른 한 손으로는 뒤통수를 끌어안았다. 자연스럽게 몸이 밀착되면서 내 가슴에 치이의 부드러운 가슴이 닿았지만 지금은 아까와 같은 그런 멜랑꼴리한 기분은 들지 않는다.

왜냐면, 나는 지금 장난을 치는 기분이거든.

"까우-우-우-우?!"

이러면 도망 못 치겠지. 나는 그대로 치이의 이마에 내 이마를 맞대고 말했다.

"말 안 하면, 영원히 놓아주지 않을 거야."

……나도 알고 있으니까 아무 말도 하지 말아 줬으면 합니다.

하지만 이렇게 하면 치이가 당황해서 속마음을 있는 그대로 말해 줄 것 같단 말이다.

"꺄후우우웅!!"

그리고 내 생각은 옳았다.


"괘, 괜찮은 거예요! 조금 무섭긴 하지만 괜찮은 거예요! 그 때 일을 사과만 해 주시면 되는 거예요! 그러니까 이제 좀 떨어지시는 거예요! 심장이 터질 것 같단 말이에요, 오라버니!!"


그리고 치이는 내 품에서 도망쳐 버렸다.

……어른으로 변한 치이도, 나를 연인처럼 대하려고 했던 치이도, 결국은 부끄러움 많은 치이라는 사실을 깨닫고 이제부터 즐겁게 놀 생각이 가득이었던 나는 큰 실의에 빠졌다.

……줄무늬 팬티, 보고 싶었는데.

# 수요일의 이야기

수요일. 오늘은 바둑이가 원하는 걸 들어주는 날이다. 상대가 바둑이니만큼 마음 편히 보낼 수 있겠다고 생각하고 있지만, 마음 어딘가에는 불안감이 없지 않아 있다.

상을 달라고 할 가능성이 가장 높거든.

잊어버렸을 수도 있지만 바둑이가 생각하는 '상'의 개념이 나하고 많이 다르거든. 만약 바둑이가 상을 요구하면 무조건 거부해야지. 물론, 바둑이는 자기가 그런 말을 하면 내가 곤란해한다는 걸 아는 착한 애니까 크게 걱정은 하지 않는다.

하지만.

"후후후후후. 오늘은 바둑이의 턴이로군요."

오늘 몫의 일을 하고 있는데 일부러 사악한 웃음을 흘리고 있는 세희가 있다면 이야기가 다르다.

"……불안하게 왜 그러냐."

"불안해하실 게 어디 있습니까. 다름 아닌 바둑이입니다. 초콜릿이라도 먹지 않는 이상 별문제는 없을 겁니다. 기껏해야 이 기회에 상을 받고 싶어 할 가능성이 가장 높을 겁니다."

같은 생각을 했는데 결론이 다르다.

그건 기껏해야, 라고 할 정도의 일이 아니라고 생각하는데.

"쓸데없는 일로 신경을 쓰는구나, 네놈은. 그럴 시간에 우리 흰둥이가 조금이라도 더 행복해질 수 있도록 고민하는 것이 더 낫느니라."

비흡연자의 건강 따위는 나 몰라라 하고 있는 흡연자 자식이 옆에서 신경 거슬리는 소리를 해 온다. 누구 때문에 내가 이 고생을 하고 있는데!

……저 때문입니다. 단순한 자업자득입니다. 알고 있습니다.

"뭐, 인마. 랑이하고는 월요일에 신 나게 놀아 줬다고."

"내가 너였다면 하루 종일 흰둥이와 같이 시간을 보냈을 것이니라."

"지금은 그럴 상황이 아니잖아."

냥이가 코웃음 쳤다.

"무능하구나. 스스로 어쩌지도 못하고 상황만을 탓하다니."

내 말에 냥이는 담뱃대로 내 머리를 쳤다. 다행인 것은 중간에 세희의 부채가 끼어서 맞지 않았다는 거지.

"가뜩이나 없는 뇌세포가 죽습니다, 냥이 님."

"있긴 하단 말이느냐."

"……실례했습니다. 제가 실언을 했군요."

104
나와 호랑이님 11

"흥! 알면 됐느니라."

맞을 뻔한 당사자는 내버려 두고 자기들끼리 이야기를 끝내 버린다. 저 둘은 사이가 나쁜 것 같으면서도 나를 가지고 놀 때는 손발이 딱딱 맞는단 말이지.

이대로 놔두다가는 둘의 독설이 시너지 효과를 일으켜 내 정신을 갈기갈기 찢어 버릴 것 같으니까 말을 끊자.

"그런데 말이다. 오늘이 바둑이 차례라는 걸 왜 네가 신경 쓰냐?"

그간 다져진 남의 눈치를 살피는 내 능력이 세희가 지금 기분이 상했다는 것을 알아챘다. ……내가 뭘 잘못 말했나?

"제가 기르는 개입니다."

아, 그런 이유였냐. 그러고 보니 남들이 안 볼 때는 바둑이를 쓰다듬으면서 시간을 보낸다고도 했었지. 하지만, 야. 바둑이를 아끼는 녀석이 그런 말을 하면 안 되지.

"바둑이가 개의 요괴이긴 하지만 개는 아니다."

"주인님께서 하실 말씀입니까?"

"내가 왜?"

"요즘 들어 주인님께서 바둑이를 개 취급하시는 경우가 많은 것 같아서 드리는 말씀입니다."

기억이 강력한 접착제가 되어 내 입을 막았다.

"어, 어쨌든! 네가 걱정하지 않아도 바둑이하고는 잘 놀 거다!"

"네놈은 그럴 시간이 있으면 흰둥이에게 신경 쓰거라."

"아, 거기 있는 시스콤 언니는 입 좀 다무세요."

냥이가 발끈해서 꼬리털을 부풀리며 말했다.

"언니가 동생을 사랑하는 게 뭐가 이상하느냐? 네 녀석이야 말로 흰둥이의 지아비를 표명하고 나선다면 좀 더 자신의 아내를 아끼는 것이 당연하지 않느냐!"

"충분히 아끼거든?"

냥이가 팔짱을 끼며 고개를 휙 돌리며 말했다.

"내가 보기에는 영 아니니라."

내가 하루 종일 랑이를 업고 다녀도 네 눈에는 모자라 보일걸.

"너는 너무 과보호하는 거고."

"그래도 이상하지 않을 정도로 흰둥이가 귀여운 것이니라."

"아, 그건 맞아. 귀엽지, 랑이~. 보고만 있어도 기운이 난다니까. 특히 그 뽀얗고 보들보들한 뱃살이 참 좋아."

"귀엽느니라, 흰둥이~. 나는 뱃살도 뱃살이지만 쫑긋 솟아오른 동그란 귀가 너무너무 귀여워서 못 참겠느니라."

나와 냥이는 이때만큼은 한마음 한뜻이 되어서 랑이의 귀여운 모습을 떠올리며 잠시 행복에 잠겼다.

"……."

그럴 때가 아니라는 것을 깨달은 건 세희의 절대 영도에 가까운 시선을 느끼고 나서였다. 물론, 나만. 냥이는 그러거나 말거나 헤헤헤, 웃으며 입에서 침까지 흘리고 있다. 도대체 뭘 생각하는지 모르겠네.

"주인님도 별반 다를 것 없던 모습이셨습니다."

"그래도 난 침은 안 흘렸다고!"

"대신 손을 몇 번이나 쥐었다 펴셨죠."

그, 그랬냐? 랑이의 뱃살을 만지고 싶다는 욕망이 나도 모르게 육체를 움직였구나! 나는 이 불리한 화제에서 벗어나기 위해서 말을 돌렸다.

"그건 그렇고! 빨리 일 끝내자. 오늘은 바둑이하고 놀아 줘야 하니까. 이야~ 바둑이는 뭘 해 달라고 그럴까? 그래, 바둑이니까 산책 가자고 하지 않을까?"

그게 가장 가능성이 높겠지. 바둑이는 뛰어 노는 걸 좋아하니까. 하하하하하.

"……하아."

화제를 돌리기 위해 어색하게 밝게 말한 나를 보고 세희는 한심하다는 듯 한숨을 쉬고서는 말했다.

"상을 달라고 할 가능성이 가장 높다는 말, 까먹으셨습니까."

일부러 까먹은 거다.

"그건 전력으로 거절할 거다."

"바둑이가 슬퍼할 겁니다."

그래도 어쩔 수 없잖아. 나보고 꽃으로 때려서도 안 되는 어린애를 발로 차라는 게 말이 되냐.

"슬퍼해도 산책 정도로 협의 볼 거야."

"……그렇다면 산책을 나가실 경우, 저도 동행하겠습니다."

난 내 귀를 의심했다.

"게임은 안 하고? 밀린 애니는? 만화책은? 소설은?"

"주인님께서 저를 어떻게 생각하시는지 알 것 같군요."

"네가 평소에 그렇게 노래를 불렀잖아."

"취미 생활은 어디까지나 취미 생활입니다. 본업을 잊지는 않고 있습니다."

그래. 네 본업은 나를 괴롭히는 거였지.

"그래도 올 필요까지 있냐?"

"바둑이의 성격상 주인님을 배려하는 언행을 보일 가능성은 매우 적습니다."

그 말에 나는 세희의 속내를 눈치챌 수 있었다. 바둑이는 우리 집에 있는 아이들 중에서 가장 어린애다운 녀석이다. 즉, 주위를 보는 시선이 좁을 수밖에 없고 그로 인한 문제가 일어날 가능성이 높다는 말이지. 만약 평범한 인간 아이였다면 큰 문제는 없을 거다. 어떻게든 뒷수습이 가능한 정도에서 사고를 칠 테니까. 하지만 바둑이는 개의 요괴다. 본체는 버스만 한 크기의 개 말이다. 바둑이가 만약, 악의가 없다 해도 문제를 일으킨다면 나 혼자 그 뒷수습을 하는 건 솔직히 무리다.

"그래? 그러면 마음대로 해."

"알겠습니다."

그리고 나와 세희는 망상에 빠져 있던 냥이의 정신을 현실로 돌이킨 뒤 일을 마무리 지었다.


평소에는 식곤증에 마당 한구석 그늘에서 드러누워 자고 있을 바둑이였지만, 오늘은 달랐다. 바둑이도 나름 기대를 했는지 눈을 반짝반짝 빛내며 마당에서 나를 기다리고 있었거든.

"도련님! 오늘은 저하고 하루 종일 놀아 주시는 거죠?"

아무래도 바둑이가 나한테 부탁하고 싶은 건 그건가 보다. 하긴, 한동안은 머리를 쓰다듬어 주는 것도 시간을 정해 놓았을 정도로 바둑이와 제대로 놀아 준 적이 없으니까.

"내가 해 줬으면 좋은 게 그거야?"

바둑이는 내 말에 꼬리를 좌우로 격하게 흔들며 말했다.

"하웅? 그러면 다른 거 부탁해도 되는 거예요?"

내가 고개를 끄덕이자 바둑이는 환한 미소를 지으며 말했다.

"그러면 도련님! 저 상 주세요!"

……예상했던 대답이 나왔다. 나는 이럴 때를 가정해서 준비해 둔 대답을 말했다.

"미안. 그건 내가 안 될 것 같아."

꽤나 실망했는지 바둑이의 귀가 반으로 접혔다.

"하우우……."

꼬리까지 추욱 내려간 모습에 왠지 모를 죄책감이 든다. 나는 바둑이를 위해서 거절한 건데 말이야. 상식적으로 생각해서 개나 고양이를 발로……가 아니라, 바둑이를 어떻게 발로 찰 수 있겠어? 그건 인간으로서 하면 안 되는 일이다.

그럼에도 나는 죄책감을 등에 진 채로 말했다.

"다, 다른 건 없어?"

다시 묻는 내 질문에 바둑이는 언제 침울해져 있었냐는 듯

귀를 쫑긋 세우고 다시금 꼬리를 열성적으로 흔들며 말했다.

"그러면 도련님! 저하고 같이 산책 가요! 저, 도련님하고 가고 싶은 곳이 있어요!"

산책. 예상대로의 답안이 나왔다. 하지만 나는 긴장을 풀지 않았다. 내 기억으로 산책이란, 그리 멀지 않은 거리를 걸어다니는 것이지만 그게 바둑이와 연관되면 단어의 뜻이 달라진다는 것을 알고 있으니까. 거기다 바둑이와 같이 산책을 나갈 경우에는 뜻하지 않은 덤까지 끌려가게 된다. 하지만 그럼에도 나는 바둑이의 이야기를 거부할 생각이 없다.

이미 상정했던 일이며, 거절당했을 때의 침울해진 모습을 이미 한 번 보았고, 무엇보다 나를 무한에 가까운 신뢰를 담은 시선으로 보는데 내가 대신 할 말이 뭐가 있겠어?

"그럴까?"

"예!"

평소에도 갈 수 있는 산책을 소원이라고 말한 바둑이의 이 천진난만한 모습을 보아라. 얼마나 기쁜지 꼬리를 질풍같이 흔들면서 폴짝폴짝 뛰어다닌다. 크윽, 치유되네. 마음이 따뜻해져. 옛날에는 아이들도 다 이런 면이 많았는데 시간이 지나면서 조금씩 성격이 변했단 말이지…… 아니, 지금도 내 기준으로 보면 순진하고 착한 아이들이지만 그때와 비교해 봤을 때의 이야기다.

나는 산책 나가기도 전에 기운을 다 뺄 것 같은 바둑이에게 말했다.

"그렇게 좋아?"

"예! 산책 나가는 건 오랜만이니까요!"

조금 전 들었던 말로 책임을 회피한다.


'제가 기르는 개입니다.'


그런 생각을 하자마자 바둑이의 옆에서 아지랑이가 일어나더니 세희가 나타났다.

"제가 한동안 바빴던 이유가 뭐라고 생각하십니까."

"미안하다."

내가 무슨 모든 악의 근원 같은 느낌이군.

"그런 연유로 아까 말씀드린 대로 저도 같이 산책을 가겠습니다."

"세희도 같이 가는 거예요?!"

"그렇습니다."

"와아!!"

바둑이가 세희를 가운데 놓고 빙글빙글 돌기 시작했다.

광속으로.

바둑이가 일으키는 바람에 용오름이 생겨나는 것을 보며, 이야~ 역시 바둑이는 요괴가 맞구나~ 그것도 꽤 힘이 센~ 같은 느긋한 생각을 하고 있자니 세희가 손을 들어 용오름 속에 집어넣었다. 황색의 선을 그리던 바둑이가 그대로 세희에게 뒷덜미를 잡힌 채로 허공에 들렸다.

"자제하시지요."

"알았어요."

말은 그렇게 하지만 꼬리는 지금도 쉴 새 없이 흔들리고 있다. 뜬금없지만 나하고 산책 가는 게 좋은 건지 세희와 산책 가는 게 좋은 건지 궁금해졌다.

잠깐. 이건 그런 의미가 아니다. 그러니까 예를 들자면, 기르던 애완동물이 나를 더 좋아하는지 아버지를 더 좋아하는지, 어머니를 더 좋아하는지 궁금한 것과 비슷한 거야.

……나는 내가 또 무의식적으로 바둑이를 애완동물 취급해 버렸다는 사실을 잊기 위해서 입을 열었다.

"그러면 가 볼까?"

"예!"

그리고 세희는 바둑이에게 개목걸이를 건네주었다. 바둑이는 그 개목걸이를 차고 나에게 손잡이를 주었다.

이야! 오랜만이다! 너무 오랜만이라서 신선한 기분까지 들어! 하하하핫!

나는 바둑이의 목에 걸린 개목걸이를 벗기고 그걸 세희에게 던졌다.

세희는 아무런 말 없이 그 목걸이를 자기 목에 차고 나에게 손잡이를 건네주었다.

나는 급히 목걸이를 풀고서 내 주머니 속에 집어넣으며 외쳤다.

"날 범죄자로 만들 생각이냐?!"

"이미 세간에서는 범죄자 취급을 받고 있습니다."

"내가 왜?!"

세희가 요괴 패드를 꺼내 어떤 영상을 틀려고 하기에 나는 전력으로 제지했다. 그날, 내가 했던 짓 때문에 며칠 동안 이불을 발로 찼는데!

"됐으니까, 가자."


그렇게 나는 대문 밖으로 나왔다. ……음, 이런 말을 하면 내 이미지가 조금 걱정이지만, 대문 밖으로 나온 게 얼마 만인지 잘 기억도 안 난다. 내가 방구석 폐인인 게 아니라, 밖으로 나올 시간 자체가 별로 없었거든. 그래서 길가에 피어 있는 코스모스와 그 사이에 보이는 위장복을 입은 군인 아저씨가 들고 있는 무광택의 총구, 또 그들을 감시하고 있는 곰의 일족 누님, 나무와 숲 속에 몸을 숨기고 있는 요괴들의 모습 또한 참 보기 좋았다.

……뭔가 이상한 것들이 껴 있는 것 같지만 신경 쓰지 말자. 신경 쓰면 지는 거다. 저건 세희도 어쩔 수 없는 일이라고 했으니까.

뭐라더라? 전시 행정이라고 했었나? 갑작스럽게 세상에 모습을 드러낸 요괴들에 대해 인간들도 제대로 된 대응을 하고 있다는 것을 선전하기 위해서 보란 듯이 배치해 두었다고 들었다. 그에 지지 않고 요괴들도 인간들을 견제하기 위해서 몇몇이 모여들었다. 하지만 실제로 저들의 위협은 없는 거라고 생각해도 좋다.

이곳은 지리산이니까. 또한 만약의 상황에 대처하기 위해서 곰의 일족 누님들이 순번제로 경계를 서고 있기도 하니까.

나는 곰의 일족 누님에게 가볍게 인사를 하고 바둑이의 손을 잡고 걸었다.

"세희도요!"

"알겠습니다."

세희도 바둑이의 손을 잡아 주었다. 순식간에 겉으로 보기에는 상당히 훈훈해 보이는 광경이 연출되었다. 주위에서 서로를 경계하는 곰의 일족과 군인 형님들과 요괴들만 없었어도 좋았을 텐데.

"도련님, 도련님! 꽃들이 정말 예뻐요!"

하지만 옆에서 즐겁게 노는 바둑이를 보니까 금방 그런 생각도 사라졌다. 뭐, 어때. 이쪽을 향해 있는 총구라든가, 코스모스 사이로 보이는 요괴들이라든가, 그게 뭐가 중요하냐. 하하하핫. 지금은 바둑이와 같이 노는 거에만 집중하자.

나는 바둑이가 손을 잡아 이끄는 대로 걸어갔다.

뛰어갔다.

끌려갔다.

"자, 잠깐, 바둑아! 너무 빨라!"

"하우웅?"

나를 거의 하늘에 띄울 기세로 달려 나가던 바둑이가 멈춰 서는 뒤를 돌아보았다.

"아, 죄송해요. 도련님은 빨리 못 뛰었죠?"

내가 못 뛰는 게 아니라 바둑이가 너무 잘 뛰는 거다.

"좀 천천히 가자."

"우웅……."

바둑이가 조금 불만인 듯 보인다. 하지만 어쩔 수 없잖아. 내가 지금 반인반선이라고는 해도 인간을 뛰어넘는 육체 활동은 불가능하다고.

"달리고 싶으십니까?"

그리고 난 지금 바둑이와 단둘이서 산책을 나온 것이 아니었다. 세희의 악마 같은 유혹에 천사 같은 바둑이가 고개를 끄덕이며 꼬리를 열심히 흔들었다.

"예! 도련님하고 거길 가려면 일단 뛰어야 하니까요."

그리고 난 지금 멋대로 진행되는 일을 가만히 놔둔다는 것은 내게 찾아올 고난을 손 놓고 방관한다는 것과 다름없다는 것을 알고 있다. 지금 바둑이가 제 맘대로 달리지 못하고 있는 것은 나 때문이니까.

"그렇다면……."

"잠깐."

나는 세희의 말을 막았다.

"또 무슨 짓을 하려고?"

"무슨 말씀입니까, 주인님. 저는 바둑이가 오늘 하루 신 나게 놀 수 있도록 도와줄 생각뿐입니다."

나도 성장이라는 걸 했다.

"즉, 내 걱정은 안 하고 있단 말이지."

세희의 입가가 히쭉 올라갔다.

"예리해지셨군요, 주인님."

"하도 많이 당해서 말이야."

나와 세희가 미묘한 신경전을 벌이고 있자,

"저, 달리면 안 되는 거예요?"

바둑이가 상당히 태평하면서도 본질을 찌르는 말을 했다. 세희가 나를 향해 미소 짓는 것을 보면서도 나는 바둑이에게 이렇게 말할 수밖에 없었다.

"아니, 그런 건 아니야. 다만……."

나는 세희를 보았다.

"다른 게 좀 걱정이 돼서."

세희는 입술을 혀로 핥고서 말했다.

"걱정 안 하셔도 됩니다."

입에 침 발랐잖아!

"그러니 바둑이도 달리고 싶으면 마음껏 달리세요. 주인님은 제가 책임지고 모시겠습니다."

내가 잠깐이라고 말하기에 앞서.

"알겠어요!"

바둑이가 기쁜 기색을 내보이며 **내 손을 잡은 채** 바람이 되었다.

"으어어어어?!"

순식간에 주변의 사물이 흐릿하게 변했다. 미친 듯한 속도

감에 현실감이 사라진다. 이게 바둑이가 전력으로 달리는 건가!

"어?"

하지만 그럼에도 내 몸은 전혀 아무런 고통도 이상도 느끼지 못했다.

"제가 어디의 패러디 만화처럼 주인님을 대할 거라 생각하셨습니까."

그건 옆에서 선글라스를 끼고 하늘에 드러누운 채 머리 뒤로 깍지 낀 손을 대고서 여유롭게 **날고 있는** 세희 덕분일 것이다. 그런 자세로도 전력으로 달리고 있는 바둑이와 멀어지지 않는다는 게 놀라울 뿐이다.

그건 그렇고, 바둑이가 달리는 모습은 정말 기분 좋아 보인다. 숨을 헥헥 하고 내쉬며 땀을 흘리면서도 표정만은 밝다. 그 기분은 나도 안다. 아무런 이유 없이, 그저 달리고 싶어서 있는 힘껏 달리면 확실히 기분 좋다.

하지만 그래도 말이지. 바둑아, 너 지금 달린다고 두 다리를 열심히 움직이고 있는데 발이 땅에 안 닿아 있는 건 조금 아니지 않을까?

"그럴 때는 '허공답보!' 라고 놀라실 부분입니다."

내가 지금 놀랄 건 그게 아닌 것 같은데? 어느새 바둑이가 하늘을 달리고 있는 데다가! 밑에는 땅이 아니라 바다가 보인다고!

"바, 바둑아?"

"멍!"

기분 좋은 목소리가 돌아왔다. 지금은 있는 힘껏 달리는 것 말고는 다른 건 눈에 보이지 않는 눈치다. 그런데 내가 무슨 말을 할 수 있겠어? 나는 그저 바둑이가 달리는 모습을, 그리고 하늘의 풍경과 밑에 보이는 바다와 섬의 아름다움에 빠지기로 했다.

"헥, 헥, 헥, 헥, 헥."

……그런 생각을 하자마자 불길한 소리가 바둑이의 입에서 나왔다. 명백하게 조금 전과는 다른 숨소리. 그에 반응하듯 주위의 풍경이 변하는 속도가 느려지기 시작했다.

"헤헤헤, 도련님. 저 이제 지친 것 같아요."

"……뭐?"

"그래도 다 온 것 같아서 다행이에요."

"아니, 다행이 아닌 것 같은데. 지금 지쳤다는 건…….”

그 말과 동시에. 점점 바둑이가 아래로 떨어지기 시작했다. 곧, 다른 말로 하면.

"불시착하겠습니다."

내가 할 말을 세희가 대신 해 주는구나아아아아아아!


랑이와 만나게 된 이후, 나는 하늘에서 떨어지는 경험을 자주 겪게 되었다. 하지만 겪어도 겪어도 이건 익숙해지지 않는다. 나는 쓸 수도 없고 알지도 못하는 요술 하나에, 둘도 없는 생명을 걸고 낙하산이나 안전장치 없이 하늘에서 떨어지는데 누가 그런 상황을 즐길 수 있겠어?

그런 의미에서 두 발이 땅에 붙어 있다는 것은 정말 좋은 거다. 그것이 비록 우리나라에서 한참 떨어진 곳에 있는 바다 위의 섬이라도 말이지. 꽤나 남쪽으로 왔는지 날씨가 더워서 나는 이곳에 도착하자마자 윗옷을 하나 벗었다.

"후아아아~. 오랜만에 제대로 달린 것 같아요."

바둑이는 섬에 내려오자마자 땅바닥에 대자로 뻗고는 배를 들썩들썩하며 격한 숨을 내쉬었다. 하긴, 하늘을 몇 분이나 달렸으니 지칠 만하지. 하지만 세희는 나와 다르게 생각한 것 같다.

"옛날보다 많이 약해진 것 같습니다."

바둑이가 머리를 긁으며 말했다.

"그동안 너무 잠만 잤나 봐요."

"요력이 쌓인다 해도 실제로 사용하는 건 육체입니다. 자기 단련에 게을러지면 안 됩니다."

"우웅~. 설랑 언니가 없으니까 그런 것 같아요, 헤헤헤."

설랑? 언제 한 번 들었던 이름인데…… 누구였지? 그런 생각을 하고 있자니 바둑이가 다리를 하늘 높이 든 다음에 아래로 내리는 반동을 이용해 힘차게 일어났다.

"웃챠!"

조금 전까지 지쳐서 헥헥거리던 모습은 이미 사라지고 없었다.

"도련님! 보여 드릴 게 있어요!"

그 모습이 마치 어렸을 때 자기들의 비밀 기지를 가르쳐 주겠다고 말했던 사촌 동생들과 똑같이 보였다. 그 추억에 나는 흐뭇한 미소를 지으며 말했다.

　"뭔데?"

　"제 보물들이요!"

　"보물?"

　"예! 그래서 여기까지 온 거예요."

　……즉, 여기는 바둑이가 자신의 보물을 숨겨 놓은 섬이라는 말이구나.

　머릿속 어디선가, 개는 자신이 소중히 여기는 것을 땅을 파고 숨기는 경향이 있다, 라는 신뢰성 없는 이야기가 떠올랐다.

　"어딘데?"

　"조금 걸어야 해요!"

　"그래?"

　나는 바둑이가 웃으며 내민 손을 잡았다.

　"……달리지는 않을 거지?"

　"도련님이 힘들어하시니까 걸어갈 거예요."

　고맙다. 정말 고마워. 몸은 편했지만 마음이 힘들었어.


　어째 처음 지리산에 도착해서 랑이를 만나러 갔을 때보다 지금 체력이 더 안 좋은 것 같다.

　"헉, 헉, 헉, 헉, 헉, 헉."

　길이 다듬어지지 않은 곳이라서 그럴까. 한 발 한 발 내딛는 게 힘들다. 세희가 귀찮은 듯이 손을 몇 번 휘두르는 것으로 나뭇가지 같은 건 정리해 줬지만, 저 녀석이 성격만 좋았다면 그 무심한 듯하면서도 상냥한 모습에 반했을 거야. 발을 딛는 땅은 어쩔 수가 없었나 보다. 이런 길을 아무렇지 않게 슥슥 헤치며 걸어가는 바둑이를 보니 개의 요괴도 개라는 생각이 들었다. 바둑이의 옷이 자주 더러워지는 건 이런 곳을 다니기 때문이 아닐까.

"지치셨습니까?"

앞에서 땀 한 방울 흘리지 않고 길을 정리하며 걸어가던 세희가 뒤도 안 돌아보고 내게 물었다. 나는 대답 대신 숨소리를 더 높였다.

# "헉, 헉, 헉, 헉, 헉, 헉!!"

"제 뒤태를 보고 발정이라도 하신 겁니까."

그럴 때가 아니라고 생각하면서도 나는 있는 힘껏 딴죽을 걸었다.

"그랬으면 하악, 하악, 하악, 이라고, 헉, 헉, 그랬겠지!"

"……딴죽 거셔야 할 부분이 그곳이 아닙니다만."

"뭐가?"

세희는 어딘가 즐거워 보이는 목소리로 말했다.

"아닙니다."

그래, 너는 기본적으로 내가 괴로워하는 걸 보고 즐기는 녀석이었지. 한동안 발톱을 드러내지 않아서 내가 조금 긴장을 풀었던 것 같다.

"어, 얼마나 더 가야 해?"

바둑이의 조금은 나에게 있어서 영원과 영겁과 나유타라는 것을 잊은 내가 바보였다. 이럴 줄 알았으면 염치 불구하고 출발하기 전에 세희에게 도와달라고 할 걸 그랬어. 지금은 왜 안 말하냐고? 그래도 남자가 자존심이 있지. 도중에 포기하면 되겠냐.

"우웅~. 한, 반 정도 온 것 같아요."

포기해도 됩니다. 포기하면 편해요.

"힘드세요, 도련님? 제가 태워 드릴까요?"

어느새 내 옆에 와서 눈동자를 반짝반짝하며 바둑이가 물어온다. 나는 자연스레 옛날 일을 떠올렸다.

그건 싫어. 그걸 또 하느니, 차라리 세희에게 부탁하겠다.

"저는 도련님의 연약한 옥체를 위해 길을 정리하는 데 바쁩니다."

"멀티태스킹이 특기라며!"

"제가 육체파는 아니라서 말이죠."

네가 곰의 일족들하고 싸웠던 거나 가희와 싸웠던 일을 다 기억하고 있는 나한테 그런 말을 하냐?!

"그러니 바둑이가 도와줄 겁니다. 알겠죠?"

세희가 한 말은 내게 한 것이 아니었다.

"예!"

바둑이는 꼬리를 팍팍 흔들고서는 내 허리를 끌어안았다. 안 돼! 아무리 내가 사람의 길을 많이 벗어났다고 해도 그런 자세는 싫다!

"아니, 잠깐, 바둑아. 도와주는 건 고마운데 옛날처럼 그러는 건……."

내가 말을 끝내기도 전에 바둑이가 말했다.

"알겠어요!"

그리고 바둑이는 나를 살짝 허공에 던졌다. 우왓?! 당황해서 공중에서 허둥대고 있자니 부드럽고 따뜻한 것이 내 허벅지 사이에 들어왔다.

바둑이다. 바둑이가 네 발로 엎드린 채 뛰어올라서 내 허벅지 사이에 들어온 것이다.

[犬人合體!]

세희가 연기로 쓴 한자가 흐트러지는 것과 동시에 나는 바둑이의 허리에 탄 채로 땅에 내려왔다.

"자, 잠깐!"

이렇게 타고 가느니 차라리 예전처럼 목말을 타고 말겠어! 내가 무슨 SM에 심취한 변태냐?!

"그럼 달릴게요, 도련님."

"그 전에 이 자세부터어어어어억!!"

바둑이는 그대로 네 발로 달리기 시작했다. 나는 그 미친 속도에 땅으로 떨어지지 않기 위해 몸을 앞으로 숙이고 바둑이의 몸에 팔을 휘감았다.

변명부터 먼저 하겠다. 나는 그때 떨어지면 안 된다, 라는 생각밖에 없었다. 거기다 마음의 준비 또한 없었기에 당황해서 몸이 제멋대로 움직인 거다.

그러니까 내가 잡은 곳이 바둑이의 가슴팍이라는 건 단순한 사고다.

"아웅~. 간지러워요, 도련님."

그 증거로 바둑이가 몸을 부르르 떨며 그런 말을 하고서야 나는 내가 잡은 곳이 바둑이의 가슴이라는 것을 깨달았다고! 어쩔 수 없잖아! 바둑이는 랑이보다 가슴이 작다고 할까, 가슴이라고 할 만한 게 없으니까! 오히려 가슴보다 엉덩이라든가 배라든가 머리카락이라든가 볼이 더 부드러운 어린아이란 말이다!

아무리 내가 로리콘 변태 소리를 듣는다고 해도 이런 상황에서 일부러 바둑이의 가슴을 움켜쥘 만큼 막장은 아니라고!

"미안! 실수다!"

급히 팔을 옮기려는데 앞에서 태평하게 손을 휘날리며 길을 정리하던 세희의 목소리가 들려왔다.

"나와 호랑이님, 다크니스. 많은 사랑 부탁드립니다."

"그건 또 뭔 소리야아아아!!"

그러거나 말거나 바둑이는 달렸다. 그건 정말 바둑이의 말대로 '조금'이었다. 순식간에 도착해 버렸지만 바둑이가 달리는 걸 멈췄을 때, 나는 이미 기진맥진해 버렸다. 바둑이의 몸에 딱 달라붙으려고 힘을 썼더니 온몸이 저려, 나는 바둑이의 몸 위에서 거의 쓰러지듯 땅으로 내려왔다. 옷이 더러워지든 말든 흙 위에 앉아서 헉헉거리고 있자니 바둑이가 몸을 숙여서 고개를 들이밀었다.

"괜찮으세요, 도련님?"

걱정이 가득해 보이기에 나는 바둑이의 머리를 쓰다듬어 주려 손을 들었다가, 그랬다가는 이 알 수 없는 섬에서 하루 온종일 시간을 보내게 될 것이라는 사실을 깨닫고 내 머리를 긁으며 말했다.

"그래. 매달리느라 조금 피곤할 뿐이니까."

지금까지 사용할 일이 없었던 전신의 근육들이 비명을 지르고 있다. 예전부터 계속 해 왔던 말이지만, 나. 정말 운동해야겠구나.

"그러면 도와드릴게요."

뭘 어떻게? 그런 말을 하기도 전에 바둑이가 할짝할짝 내 볼을 핥아 왔다.

"가, 간지러워, 바둑아."

내가 어깨를 잡아서 뒤로 밀어도 바둑이는 마치 오랜만에 주인을 만난 개처럼 달라붙어서는 계속 내 볼을 핥았다. 내 힘으로는 뭘 어떻게 할 수 없을 것 같기에 도움을 청하기 위해 고개를 돌렸다가,

"전 신경 쓰지 않으셔도 됩니다."

비디오카메라를 들고 있는 세희를 보고 열불이 났다.

"신경 안 쓸 수 있겠냐! 장난치지 말고 바둑이 좀 말려 봐!"

"피곤하신 주인님의 몸을 생각해서 정성껏 핥아 주고 있는 바둑이를 제가 왜 말려야 합니까."

들고 보니 그러네? 랑이나 바둑이가 핥아 주면 상처가 낫는다는 것은 이미 경험을 통해 알고 있다. 지금은 몸을 다친 것과는 다르지만 아까보다 몸의 피곤이 사라진 것을 보아 바둑이가 핥아 주는 게 효과가 있긴 한 것 같다……가 아니잖아!

내가 지금 바둑이를 말리는 건 그런 이유가 아니었어! 인간으로서! 지켜야 할 선이라는 게 있는 거다! 이미 많이 넘어 버린 것 같지만! 그래도!

"그만, 그만해, 바둑아. 이제 괜찮으니까. 응?"

"웅?"

바둑이가 혀를 내민 채로 그대로 몸을 멈추고서는 고개를 갸우뚱거렸다.

"이제 괜찮으세요, 도련님?"

"어, 괜찮아. 이제 안 피곤해. 건강해졌어."

"헤헤헤, 다행이에요, 도련님."

한 치의 의심도 없이 바둑이가 몸을 뗐다. 후. 겨우 살았네. 바둑이는 순진해서 상관없겠지만 썩을 대로 썩어 버린 나로서는 힘들었다고.

"자랑이십니다."

"덕분이다."

세희한테 가볍게 쏘아주고 나는 몸을 일으켜 앉았다. 계속 앉아 있다가는 내가 아직 지쳐 있다고 바둑이가 생각할 수 있으니까.

나는 엉덩이에 묻은 흙을 털고서 주위를 둘러보았다. 정신이 없어서 몰랐는데 바둑이가 나를 데려온 곳은 사방이 탁 트인 공터였다. 주위에는 야자수가 가득히 둘러싸고 있는데 이곳만 나무도 풀도 없이 땅이 살짝 봉긋이 솟아오른 공터라서 조금 신기할 따름이다. 그건 아마도······.

"여기가 바둑이가 보물 숨겨 놓은 곳이야?"

"예!"

내 예상대로 바둑이는 환하게 웃으며 대답했다. 역시. 여기에 나무고 풀이고 자라지 못한 건 바둑이가 흙을 헤치며 자신의 보물들을 숨겼기 때문이겠지. 땅이 조금 솟아올라 있는 건 바둑이가 흙으로 덮었기 때문일 거다.

"이곳이 제 소중한 보물들을 숨겨 놓는 곳이에요."

내게 자랑하듯이 말하는 바둑이가 귀여워서 나도 모르게 머리를 쓰다듬어 주고 말았다.

"하우우~."

바둑이의 머리를 쓰다듬는다.

쓰다듬는다.

쓰다듬는다.

계속해서 쓰다듬는다.

"정신 차리시지요, 주인님."

헉! 세희가 손을 떼 주지 않았다면 정신을 못 차릴 뻔했다. 바둑이가 아쉽다는 듯 나를 올려다보지만 그래도 어쩔 수 없지. 무인도에서 하룻밤을 보낼 생각은 없으니까. 바둑이도 내가 더 이상 머리를 쓰다듬어 주지 않을 거라는 걸 깨달은 것 같다.

"그러면 도련님. 제 보물, 봐 주실래요?"

"응."

내 대답에 바둑이가 원래의 모습으로 변했다. 버스만 한 크기의 개로 변한 바둑이를 보고 있으면 참, 뭐라고 할까.

……귀여워.

이대로 바둑이에게 뛰어들어서 부드러운 털의 감촉을 느끼고 싶어진다. 바둑이를 계속 보고 있다가는 그 욕망에 질 것 같기에 나는 시선을 돌렸다.

세희가 희미하게 얼굴을 붉히고 바둑이를 보고 있었다.

"……"

"……"

하긴 세희도 남들 눈이 없을 때는 바둑이를 쓰다듬으면서 마음의 평안을 되찾는다 했었지.

무섭다, 바둑이. 훌륭하다, 바둑이.

바둑이가 많이 있으면 전 세계는 분쟁도 전쟁도 없는 평화로운 파라다이스가 될 수 있지 않을까.

그런 생각을 하며 흐뭇하게 있자니, 바둑이가 앞다리를 움직였다.

그와 동시에 대량의 토사가 이쪽을 향해 날아왔다.

……응?

"우엇?!"

사람 하나를 생매장할 수 있을 것 같은 흙더미에 깜짝 놀라서 두 팔을 들어 올려 의미 없는 자기방어를 취했지만.

"제가 그렇게 존재감이 없을 줄은 몰랐습니다. 다음부터는 좀 더 주인님께 저의 존재를 부각시키도록 노력하지요."

세희가 차가운 목소리와 함께 손을 흔들자 흙더미는 내 뒤쪽에 쌓여 나를 바보로 만들었다.

"……그럴 필요는 없는데. 그리고 고맙다."

그러는 사이 바둑이가 흙을 파는 걸 그만두었다. 내 뒤쪽에 수북이 쌓인 흙더미를 보니까……. 음. 역시 요괴와 인간이 융화되어 같이 살아가는 건 힘든 일이겠네. 그래도 포기할 생각은 없지만.

"도련님! 다 됐어요!"

바둑이는 다시 인간의 모습으로 변해서 나보다 몇 배는 커다란 상자를 흙 속에서 꺼내 내 앞에 내려놓았다. 그 크기에 놀라고 있을 때, 바둑이가 높이 뛰어올라 상자 위로 올라가더니 그 뚜껑을 열었다.

"이게 제 보물이에요, 도련님."

바둑이가 꼬리를 흔들며 자랑스럽게 말했지만…….

안 보인다. 상자가 너무 크다고.

나는 고개를 돌려 세희를 보았다. 세희는 아무 말 없이 손을 흔들었고 내 앞에서부터 상자의 위까지, 한 달 전에 죽도록 올라갔던 투명한 계단이 나타났다.

"……일부러냐."

"알면서 왜 묻습니까."

나는 계단을 올라가서 상자 위에 섰다.

"헐."

그리고 나는 내가 지금까지 바둑이를 오해했다고 생각했다.

솔직히, 나는 바둑이가 자신의 보물을 보여 준다고 했을 때 그다지 큰 기대를 하지 않았다. 왜, 애들은 정말 별것 아닌 것들을 자신의 보물이라고 생각할 때가 있잖아? 거기다 바둑이는 개의 요괴다. 그러니까 보물이라고 해 봤자, 누군가의 신발, 나뭇가지, 개 껌 등등 그런 것들이 있을 줄 알았다.

하지만.

내가 보고 있는 바둑이의 보물은 그런 것이 아니었다. 그 안에 가득 차 있던 것은.

"어때요, 도련님? 제가 300년 동안 열심히 모은 것들이에요!"

내 짧은 지식으로 그 이름을 알 수 있는 것은 삼각 목마, 아이언 메이드, 정조대, 채찍, 개구기…… 정도밖에 없었다. 하지만 그 모든 것이 어떠한 용도로 사용되는가에 대한 것은 알고 있다. 모른다고 해도 짐작할 수 있다.

나는 떨리는 목소리로 말했다.

"이, 이, 이걸 왜 모았어?"

"세희가 선물해 준 거니까요."

아, 정말 오랜만인 것 같다.

"세히이이이이이이이이이의!!!"

"왜 그러십니까, 주이이이이이이이인님."

장난을 받아 줄 생각이 없다.

"미쳤냐?!"

세희가 깜짝 놀라 손으로 입을 가리며 말했다.

**"설마 제가 제정신으로 보이셨습니까."**

그건 그러네.

"그래도 인마! 이건 좀 아니지!"

"괜찮지 않습니까. 제가 바둑이에게 직접 쓴 것도 아니고, 단순한 선물입니다. 바둑이도 제 선물을 받고 좋아했으니 별 문제 없지 않습니까?"

문제가 많다. 문제가 정말 많아. 너무 문제가 많아서 어떤 것부터 딴죽을 걸어야 할지 모를 정도로 많다고!

나는 일단 저 미친 창귀에게 시시비비를 따지는 것은 뒤로 미루고 자신의 보물을 보여 주었다는 사실에 부끄러움과 자부심을 가진 채 나를 보고 있는 바둑이에게 말했다.

"바둑아."

"예, 도련님."

"넌 저것들을 어디다 쓰는지 알고 있어?"

바둑이가 볼에 손가락을 대며 말했다.

"세희가 제가 어른이 되면 쓸 일이 생길 거라고 하면서 선물해 준 건데, 헤헷. 아직 어른이 안 돼서 잘 모르겠어요."

오늘 귀신 하나 잡아야 할 것 같은데.

"야."

"바둑이가 타고난 M 속성은 부끄러운 것이 아닙니다. 사람이든 요괴든, 자신의 성적 취향은 소중하며 존중받아야 할 가치가 있는 것입니다."

"그게 뭔 소리야!!"

세희가 쿨하게 말했다.

"개소리입니다."

"알면서 하는 거냐?!"

"개소리도 약에 쓸 때는 없는 법입니다."

"오늘따라 막 나간다?"

"게임도 애니도 소설도 다 포기하고 여기까지 온 이상, 남은 것은 이런 것밖에 남아 있지 않으니까요."

그것 참 대단한 이유다.

나는 세희와 언쟁을 벌이는 것을 포기했다. 더 해 봤자 내 정신 건강만 더 악화되지. 그 대신, 나는 지금 상황을 이해하지 못하고 있는 바둑이의 머리를……, 아니, 어깨를 툭툭 두드리며 말했다.

"보물 잘 봤어, 바둑아."

세희가 정말로 그런 의미로 이것들을 선물해 줬는지 모르겠지만, 어찌 되었건, 이건 바둑이의 보물이다. 바둑이가 소중히 여기는 것들이다. 자신의 보물을 나에게 보여 주었다는 것 자체는 변하지 않는다.

"헤헤헤. 그래서 말인데요, 도련님."

"응?"

"도련님한테 받은 선물도 여기에 넣고 싶어요! 괜찮을까요?"

그리고 바둑이는 수면 베개를 꺼내 들었다. 예전에 내가 바둑이를 위한 선물로 사 준 것이다. ……그동안 많이 사용했는지 침 자국이 흥건히 남아 있다.

"상관없긴 한데……. 그래도 괜찮겠어?"

"예! 이건 도련님이 주신 소중한 선물이니까요!"

아니, 내가 하고 싶었던 말은 그 베개 없어도 괜찮겠냐는 뜻이었지만, 별 상관없는 것 같다. 베개야 또 사 주면 되는 거고 바둑이는 베개가 없어도 잘 자는 아이니까.

"응. 그러면 나야 고맙지. 바둑이가 그만큼 내 선물을 소중히 생각해 준다는 거니까."

조금 마음에 걸리는 게 있다면 세희가 선물해 준 것들과 같은 취급을 받고 있다는 거지만……. 선물의 가치는 받는 사람이 결정하는 것인 데다가,

"고마워요, 도련님!"

바둑이가 나에게 안겨 오니 그런 사소한 건 아무래도 상관없다는 생각이 들었거든. 이대로 바둑이의 머리를 쓰다듬으면서 하루를 마무리 지어도 되지 않을까…….

아니, 안 되지.

바둑이하고 같이 놀다 보니까 중요한 일을 까먹을 뻔했다. 역시, 바둑이. 모든 것을 아무래도 상관없는 일로 만드는 무

시무시한 녀석이다.

"아, 그런데 바둑아."

"예, 도련님."

꼬리를 좌우로 흔들며 대답하는 바둑이에게 이걸 어떻게 물어봐야 하나 고민하던 나는, 지금 상황에 맞춘 질문을 생각해낼 수 있었다.

"나중에 만약 냥이가 선물을 해 주면 여기에 둘 거야?"

바둑이는 즉답했다.

"아니요."

기분 탓인가 꼬리가 쫙 선 것 같은데. 바둑이가 의외로 반응을 보인 것에 당황했지만 나는 세희가 쿡 하고 웃는 소리에 정신을 차리고 다시 입을 열 수 있었다.

"왜?"

"바둑이는 주인님하고 도련님을 지켜야 하니까요."

……그, 그러냐. 아직 바둑이에게 있어 냥이는 조심해야 할 상대라는 거구나.

"냥이가 이제는 나하고 랑이한테 나쁜 짓을 안 해도?"

내 질문에 바둑이는 으음~ 하고 고민을 하다가 해맑게 웃으며 말했다.

"그 때는 잘 모르겠어요!"

그런가.

냥이와 바둑이가 친해지는 건 조금 시간이 지나가야겠군. 나중에 냥이에게 바둑이하고 같이 놀아 주라고 시켜야겠다.

물론, 내 말은 듣지 않겠지만 나에게는 랑이가 있으니까. 랑이가 바둑이와 놀기 시작하면 알아서 같이 놀게 되겠지. 그렇게 시간이 지나면 바둑이도 냥이를 받아 줄 수 있을 거다.

"알았어, 바둑아."

나는 그 날이 언젠가 올 거라는 사실을 알기에, 무심코 바둑이의 머리를 쓰다듬어 주었다.

쓰다듬어 주었다…….

쓰다듬어 주었다………….

쓰다듬어 주었다……………….

|  | 오 | 늘 | 은 |  | 도 | 련 | 님 | 하 | 고 | ※ | 같 | 이 |
| 산 | 책 | 을 |  | ㄴ | 갔 | 어 | 요 | . |  | 도 | 련 | 님 | 이 |
| 금 | 방 | ※ | 지 | 쳐 | 서 |  | 제 | 가 |  | 태 | 워 |  |
| 드 | 렸 | 어 | 요 | . | 많 | 이 | 많 | 이 |  | 즐 | 거 | 워 |
| 하 | 시 | 는 |  | 것 |  | 같 | 아 | 서 |  | 좋 | 았 | 어 |
| 요 | . | 그 | 리 | 고 |  | 이 | 건 |  | 비 | 밀 | 인 | ※ |
| 요 | , | 제 |  | 소 | 중 | 한 |  | 걸 |  | 묻 | 어 | 두 |
| 는 |  | 장 | 소 | 를 |  | 가 | 르 | 켜 |  |  |  |  |
| 도 | 련 | 님 | 이 |  | 많 | 이 |  | 놀 |  |  |  |  |
| 제 |  | 머 | 리 | 도 |  | 많 | 이 | 많 |  |  |  |  |
| 듬 | 어 | 주 | 셨 | 어 | 요 | . |  |  |  |  |  |  |

참! 잘했어요

# 목요일의 이야기

[후후후후후.]

다른 아이들은 일이 끝나고 나서 나를 찾아와 이야기를 한 반면, 페이는 이른 아침. 내가 막 자리에서 일어났을 때 찾아왔다.

역시, 페이. 다른 아이들과는 나를 대하는 태도 자체가 다른, 녀석답다. 나는 잠에 덜 깨서 눈을 비비며 페이에게 말했다.

"빨리도 왔네."

[일찍 일어나는 새가 벌레를 잡는다, 라는 말 있음.]

새 요괴인 네가 그런 말을 하니까 설득력이 있긴 한데……

너, 평소에는 늦잠 자지 않냐?

"그래 봤자 오전에는 일 해야 한다고."

[내가 부탁할 건 그래도 상관없는 거.]

콧대를 높이며 잘난 척하는 페이를 보니까 약간 불안해진다.

우리 집에 같이 사는 아이들 중에서 폐이는 누구보다도 요주의적인 녀석이다. 이 녀석이 나한테 바라는 것은 말 그대로 '남자와 여자'의 관계니까. 누구보다도 직설적이고 정직하고 진실한 녀석이란 말이지.

그래서 폐이와의 선을 지키는 건 내게 주어진 책임이다.

"뭔데 그래?"

덕분에 폐이를 대할 때는 조금 퉁명스럽게 대할 수밖에 없다. 안 그러면 스킨십의 강도가 너무 강해지니까.

[……거리감 느낌.]

"그러냐? 그러면 다행이지."

넌 너무 가깝게 다가온다고.

[후후후. 하지만 그런 태도도 지금뿐.]

폐이가 음흉하게 웃으면서 몸 뒤로 검은색 연기를 내뿜는다. 언제나 그렇듯이 자기 연출에 힘을 쏟는 녀석답다. 나는 그 연기가 모두 사라질 때까지 아무 말 없이 멍하니 폐이를 바라보았다. 그러자 폐이가 양 갈래 머리카락을 빙글빙글 돌리며 얼굴을 붉혔다.

[왜 무반응?]

그래야 네가 부끄러워할 거라는 걸 알고 있으니까.

"그래서 뭔데?"

[우우!]

폐이가 화를 내며 두 손바닥을 스쳤다. 그러자 그곳에…….

"잠깐."

나는 페이가 요술을 부려 꺼낸 것을 보고 안 좋은 추억이 떠올랐다.

그렇다. 안 좋은 추억이다. 어쩔 수 없는 일이었고, 그런 각고의 노력 끝에 페이의 마음을 열 수 있었지만 그럼에도 불구하고 그건 내게 있어 안 좋은 추억이다.

[후후후후. 그 반응, 기대했음.]

페이는 그것을 한 손에 들고 내가 절대로 읽고 싶지 않은 글을 썼다.

[오늘 하루, 이거 입고 여자처럼 행동하기임!]

페이는 내게 바라는 것으로, 내게 여장을 명했다.

여장.

내 단어 사전에서는 남자가 여자처럼 옷을 입고 꾸미는 거라고 적혀 있다. 나는 한때 페이의 마음을 열기 위해서 여장까지 감수하고 밖을 나다니다가 내 소중한 소꿉친구에게 그 추태를 들킨 일도 있지. 그게 벌써 한 달하고도……. 시간이 오래 지난 것 같지만 생각보다 많이 지나지는 않았구나.

어쨌든, 나한테는 그다지 좋은 기억이 아니다. 일부러 잊어버리고 있을 정도다. 10대 청소년 남자애가 자기 취미도 아닌데 어쩔 수 없이 여장을 한 걸 기억하고 싶을 리가 없잖아? 비록 그게 페이를 위해서라도 말이다.

하지만, 역사는 반복된다.

"……다른 건 안 되냐?"

나는 페이가 건네준 옷을 들고서 침통한 목소리로 말했다.

하지만 폐이는 고개를 도리도리한 뒤, 팔로 X자를 만들며 글을 썼다.

[안 됨.]

"야."

[나, 이상한 거 시킨 거 아님.]

"아니, 충분히 이상한 일인데."

[성훈이 생각하는 이상한 거, 야한 일.]

할 말이 없다. 나는 아이들이 부탁을 할 때, 야한 일만 아니면 거부하지 않기로 마음속으로 생각했었으니까. 다른 건 몰라도 나는 이런 일로 나 자신을 속이고 싶지 않다.

그런 연유로.

저는 한 달 반 만에 다시 여장을 하게 되었습니다.

그뿐만이 아니라 이번에는 내가 지금까지 봐 왔던 여자 중에서 가장 여성스러웠던 이모를 흉내 내기로 결심하면서 말이죠.

**저는 지금부터 여자처럼 행동하고 말하고 생각하도록 노력할 거예요, 데헷~?**

……뭐, 나름 꿍꿍이도 있으니까 하는 일이지만.

"푸우우우우우웁!!"

요즘따라 냥이가 뿜는 모습을 자주 보는 것 같은데. 냥이는 내가 여장한 꼴을 보고는 배를 잡고 웃었다.

"푸하하하하핫!! 꼴이 그게 뭐느냐! 왕 때려치우고 서양 기생이라도 되려 하느냐! 푸하하하핫! 그래, 잘 생각하였느니라. 네게는 그런 꼴이, 푸흡, 어울리느니라. 푸하하하하!!"

"너무 좋아하네요."

그 심정이야 이해하지만 지금 놀림받는 당사자가 나인 만큼 마음이 편하지 않은 게 사실이다. 몸이 불편하면 마음이라도 편해야 될 거 아니냐고.

보통 여장이라고 하면 대충 가발을 쓰고 화장을 한 뒤 원피스 같은 옷이나 입는다고 생각하겠지만……. 이미 익히 알고 있겠지만 페이는 스페셜리스트였다.

전에 한 번 겪었던 여장 과정에 대해서는 생략하겠다. 그 결과로 나온 로리타 패션 강성훈 여성 VER2는 객관적으로 봤을 때도 꽤나 미인이라고 생각한다.

놀라워라, 화장 기술. 괜히 인터넷에서 화장에 관련된 이야기가 많이 올라오는 게 아니었어.

"꽤나 어울리는군요, 아가씨."

옆에서 세희도 약을 올린다.

"주인님이겠죠."

"이런 실례를. 뭔가 지금의 주인님을 뵈오니 아가씨라고 불러 드려야 할 것 같았습니다."

크으~.

할 말이 없군. 지금의 나는 드레스가 상당히 잘 어울리는 긴

흑발의 미소녀니까. ……자화자찬처럼 들릴지 모르겠지만, 진짜라고! 말했잖아! 화장 기술은 위대하다고!

"약속한 거니까 어쩔 수 없이 하는 거예요."

"그런 것 치고는 꽤나 본격적입니다, 주인님."

그야 나도 약간 꿍꿍이가 있으니까.

"그러면 나보고 어쩌라고, 이 자식아……가 아니라. 됐으니까 일이나 하렴."

나는 이 분위기에서 벗어나기 위해 펜을 잡았다. 옆에서 냥이가 간간이 웃음을 터트리거나 세희가 사진을 찍는 것을 무시하기 위해, 나는 일에 집중했다. 덕분일까. 평소보다 일이 빨리 끝났다.

나는 지옥 같은 공간에서 벗어나기 위해 밖으로 나왔고, 그 소리를 들었는지 안방의 문이 드르륵 열리며 누군가 우다닷 뛰어오는 소리가 들렸다. 그리고 내가 마루에 나오기도 전에 랑이가 내 앞에 나타났다.

"……응? 넌 누구이느냐? 누구이기에 그렇게 성훈이의 냄새가 많이 나느냐?"

이게 나를 본 랑이의 반응이다. 눈을 동그랗게 뜨고 머리카락으로 물음표를 만든 채로 이리 기웃, 저리 기웃거리며 나를 관찰하는 모습이 귀엽다. 귀엽기는 한데, 그래도 인마. 자기 남편이 여장 좀 했다고 못 알아보는 건 너무하지 않냐? 두 달 동안 거의 하루도 빠지지 않고 같이 살았으면서.

"누구긴 누구겠니. 우리 랑이의 예비 남편이지."

"으냐앗?!"

랑이가 깜짝 놀라서는 내 주위를 빙글빙글 돌면서 이곳저곳을 훑어본다. 그것으로는 모자란지 슬쩍 내 치마를 잡고서는 위로…….

"하지 마렴."

나는 엉덩이를 뒤로 빼면서 치마를 두 손으로 누르며 한 발자국 뒤로 물러났다. ……내가 생각해도 꽤나 여성적인 몸놀림이라고 생각하지만 그런 건 신경 쓰지 말자.

"날 속일 생각 말거라! 우리 성훈이는 그런 행동 같은 건 안 하느니라!"

신경 쓰지 말라고 했다.

"그리고 우리 성훈이는 남자 중의 남자이니라! 내가 이미 확인까지 다 했느니라!"

뭘 어떻게 확인을 했는지에 대해서는 묻지 않겠다. 지금은 나를 향해 경계심을 열심히 표출하고 있는 랑이에게 현실을 알려 주는 게 먼저니까. 나는 내 목소리를 여성스럽게 만들어 주는 목걸이를 떼고서 말했다.

"내가 강성훈 맞다니까."

"으냐아아아앗?!"

랑이가 온몸의 털이란 털을 바짝 세우면서 화들짝 놀라서는 뒤로 뛰어 네 발로 엎드렸다. 그 모습이 꼭 놀란 고양이 같다.

……그런 반응을 보일 것까지는 없잖아.

"어, 어떻게 된 것이느냐, 성훈아! 서, 설마! 여자가 된 것이느냐?!"

아닌데.

"그, 그러면 나는 어쩌란 말이느냐! 여자끼리는 결혼하지 못하지 않느냐?!"

여자끼리도 결혼할 수 있는 나라가 있다.

"어쩌지? 어쩌면 좋으냐, 성훈아. 어떻게 해야 하느냐……."

당황하는 모습이 귀엽다 보니 갑자기 장난기가 솟아올랐다. 오랜만에 랑이한테 장난이나 쳐 봐야지. 나는 다시 목걸이를 차서 목소리를 바꾸고는 손을 흔들어 랑이를 불렀다. 랑이는 어찌할지 모르면서도 두 발로 서서 쪼르륵 내게 다가왔고 나는 그런 랑이를 꼬옥 껴안아 주며 말했다.

"랑이는 내가 남자가 아니면 싫어할 거니?"

랑이가 당혹스러워하는 게 온몸을 통해 느껴진다. 내 품 안에서 꿈틀꿈틀하는 게 마치 앙탈을 부리는 아기 고양이를 안고 있는 느낌이 든단 말이지.

"그, 그런 건 아니지만……. 그런 건 아니지만……. 그래도 성훈이가 남자가 아니면 곤란하느니라……."

**"그래? 난 성훈이가 차라리 여자라면 좋을 것 같은데."**

……엣.

랑이에게 정신이 팔려 있는 사이에 나래가 마루로 나온 것 같다. 나는 진심이 실린 차가운 목소리에 퍼뜩 정신이 들어서 고개를 들었다.

……어라? 내가 잘못 들었나? 나래는 평소와 다름없는 상

냥해 보이는 미소를 지은 채 나를 보고 있었다.

"또 페이 때문이지?"

상황 파악을 모두 끝내신 나래 님을 향해 나는 고개를 끄덕였다.

"잘 어울리네."

"칭찬이지?"

"그래."

그렇게 나래와 이야기를 나누는 사이에.

"응? 성훈이가 여자가 된 것이 아니라, 여자 옷을 입은 것이느냐?"

랑이가 이제야 상황 파악을 마친 것 같다. 나는 고개를 들어 나를 올려다보는 랑이의 머리를 쓰다듬어 주며 말했다.

"그래. 페이의 부탁이 오늘 하루 여자처럼 행동하고 지내 달라는 거라서 이런 옷을 입고 말투도 그렇게 하는 거란다."

"휴우우우~."

랑이가 공기가 빠진 고무보트처럼 흐물흐물 내려앉았다.

"으냐아~. 깜짝 놀라지 않았느냐. 정말정말 이제 어떻게 해야 할지 고민했단 말이니라."

"미안해."

나는 기운이 빠진 랑이를 번쩍 안아 들었다. 랑이도 그에 화답하듯 내게 안겨 왔다. 그런데 랑이가 머리카락으로 물음표를 만들고서는 두 손을 들어 내 가슴을 만졌다. 가짜 가슴이기 때문에 나는 별다른 기분도 들지 않는다. 그에 반해 랑이는 울상을 지으며 내게 말했다.

"······그런데 왜 이렇게 가슴이 크고 부드럽느냐."

"······그건 페이한테 물어보렴."

랑이가 내 가짜 가슴을 쿡쿡 누르면서 볼을 부풀리고 있는 동안, 나래가 손을 들어 안방 쪽을 가리키며 말했다.

"그보다 애들이 기다리니까 들어가 봐."

"그것 때문에 나온 거니?"

나래는 피식 웃었다.

"네가 여장한 모습을 다시 보고 싶기도 했거든."

······페이가 오늘 나한테 바란 건 수치심에 시달리는 거였나.

"페이가 글 썼어?"

"그래. 랑이는 졸고 있어서 못 읽은 것 같지만."

"그래서 지금 내 모습은 어떠니?"

나는 랑이를 안은 채로 슬쩍 허리를 비틀며 자세를 취했다.

나래가 슬픈 미소를 지었다.

**"정말, 네가 여자로 태어났으면 좋았을 텐데."**

나래 님, 지금 진심으로 말씀하셨습니다.

"······호호호호."

나는 끔찍한 농담을 하는 나래를 지나쳐 안방으로 들어갔다. 바둑이와 냥이를 뺀 아이들은 모두 안방에 모여 있었고, 방문이 열리고 내가 들어가자 다들 나름대로의 반응을 보였다. 먼저 아야는 나를 보고는 얼굴을 붉히면서 꼬리를 바짝 세웠다.

"아, 아빠?! 아빠 맞아?!"

치이는 귀 위 머리카락을 파닥파닥하며 손으로 두 뺨을 가리고 고개를 도리도리했다.

"꺄우우우우!! 오랜만에 보는 언니인 거예요! 정말정말 예쁜 거예요!"

그리고 이 모든 일의 원흉인 페이는 콧대를 높이 세우며 만화에서 나오는 고고한 아가씨가 잘하는 행동인 머리카락을 뒤로 넘기는 짓을 하며 글을 썼다.

[내 혼신의 작품.]

나는 낮게 한숨을 쉬고서 랑이를 안은 채 소파에 앉았다. 그러자 아이들이 내게 몰려와서는 사람을 무슨 동물원의 원숭이처럼 구경하기 시작했다.

"잠깐, 밥보야. 너 이리 나와 봐."

내 품에 안겨 있던 랑이를 잡아끌어 옆으로 치워 버리고서.

"으냐앗?! 무슨 짓이느냐?!"

"랑이 님은 잠깐 가만히 있어 보는 거예요. 오라버니가 잘 안 보이는 거예요!"

[예술 작품에 방해.]

랑이가 발을 쿵쿵대고 두 팔을 하늘을 향해 들며 화를 냈지만 지금의 아이들에게는 그런 건 보이지 않는 것 같다.

전직 왕의 위엄이 땅을 쳤구나.

"역시 오라버니는 여장이 잘 어울리는 거예요."

치이의 눈이 반짝반짝하는 게 상당히 위험하게 보이는데,

기분 탓일까.

"아빠도 좋지만 엄마도 좋겠어, 키히힝."

아야야, 너 눈동자에 빛이 사라졌다. 치이한테서 빛 좀 가져
가라.

[내가 한 거지만 참 잘했다고 생각됨.]

페이의 글에 치이와 아야가 엄지를 추켜올렸다. 그러는 가
운데에서도 랑이는 혼자 따돌림당했다고 생각하는지 이제는
뒤에서 볼을 부풀리고서 무서운 눈으로 아이들을 노려보고
있다. 이대로 가만히 놔두다가는 랑이가 난리를 피우겠군. 아
이들끼리 싸우는 모습을 보고 싶지 않기에 나는 일단 이 분위
기를 환기시키기로 했다.

"그래서 나한테 여장을 시킨 이유가 뭐니?"

[다시 보고 싶었음.]

페이의 글에 나도 모르게 그 안에 들어 있는 진심을 엿본 것
같은 기분이 들었다.

음. 만약 내가 느낀 게 사실이라면……. 내가 나쁜 놈이군.
내 생각이 사실이든 거짓이든, 그런 건 중요하지 않다. 내가
그런 생각을 할 정도의 상황이라는 것이 문제지. 그래서 나는
페이의 손을 잡아끌어 내 무릎 위에 앉혔다.

[?!]

페이에 한해서는 내가 이런 식의 스킨십을 먼저 하는 경우
가 거의 없기 때문에 꽤 놀란 것 같다. 미리 말해 두지만, 이
건 페이의 잘못도 있다. 이 녀석은 내가 스킨십을 하려고 하

면 그 너머의 것을 요구해 왔으니까.

하지만 오늘은 조금 다르다.

여장을 했기 때문일까. 아니면 이모를 흉내 내고 있기 때문일까. 나 자신의 안에 있던 여성성이 겉으로 드러나고 있으니까.

"그러니? 그러면 오늘은 오랜만에 언니가 페이하고 놀아 줘야겠네?"

나는 일부러 여자같이 말하며 미소를 짓고는 페이의 턱을 손가락으로 살짝 들어 올렸다.

[어?]

페이가 당혹해하는 모습이 꽤나 귀엽다. 이 녀석은 자기가 들이대는 건 잘하면서 이럴 때는 약한 모습을 보인단 말이야. 얼마나 당황했는지 양 갈래 머리카락이 빙빙 잘도 돌아간다. 나는 그 머리카락에 맞지 않게 조심하면서 살며시 페이의 볼에 입을 맞췄다.

"꺄우우우우~!"

"키이이이잉~!"

"으냐아아앗?!"

주위의 반응이 좀 색다르다. 특히 페이의 반응이 평소와 남다르다. 나를 어딘가 젖어 있는 눈동자로 올려다보면서 조심스럽게 자신의 볼에 손을 갖다 댄다. 왜 이런데, 이 녀석. 평소에 그렇게 뽀뽀를 많이 받으면서?

"페이, 립스틱 자국 난 거예요!"

그러고 보니 페이의 볼에 연분홍빛 립스틱 자국이 남아 버렸다. 그걸 보니까 또 장난기가 솟구친다.

"어머, 어머. 미안해, 페이야. 내가 지워 줄게. 가만히 있으렴."

나는 자연스럽게 미소를 지으며 손수건을 꺼내 페이의 볼에……

[어, 우, 이, 이거 반칙! 반칙!]

대기 전에 페이가 펄쩍 뛰려고 했다. 하지만 나도 어느 정도 예상은 하고 있기에 페이를 품에서 놓치지 않았다.

"가만히 있으렴."

나는 내 품에서 바동바동하는 페이의 볼에 묻은 립스틱 자국을 손수건으로 쓱쓱 문질러 주었다. 내 손길에 따라서 밀렸다가 원래대로 돌아오는 페이의 말랑말랑한 볼의 감촉이 참 좋다. 어린애들의 특권이지. 부럽다, 어린아이의 피부…… 같은 생각을 하니 좀 그렇군.

"으, 아, 으으으~"

페이가 글을 쓰는 것도 잊어버리고 본래의 허스키한 목소리를 낼 정도로 허둥지둥한다. 그뿐만이 아니라 나와 페이를 바라보는 랑이와 치이와 아야의 표정도 뭔가 이상하다. 꼭 낯부끄러운 것을 보는 표정이야. 왜지? 난 그냥 립스틱 자국을 지워 주려고 하는 것뿐인데.

그 이상한 분위기는 점심을 먹은 후까지 계속되었고. 결국 아이들은 나를 바라보며 얼굴만 붉힐 뿐 가까이 다가오지 않으려는 이상한 분위기로 진화했다.

도대체 왜 이러지?

부엌에 단둘이 있을 때 질문 한 내게 세희는 이렇게 대답했다.

"백합꽃이 피기 때문입니다, 주인님."

"백합꽃? 뭐니, 그건?"

"여자끼리서 알콩달콩한 분위기를 연출하는 것을 말합니다."

나는 남자다.

"다들 연상의 언니에게 부드럽게 대해지는 내성이 없는 것이겠죠."

"나래는?"

"나래 님은 지금의 주인님과 분위기가 다르니까요."

……확실히.

나래는 지금 내가 흉내 내고 있는 이모와는 분위기가 좀 다르지. 나래는 상냥하긴 하지만 그 본심을 평소에는 숨기고 있으니까. 내가 지금 흉내 내고 있는 이모는 언제나 전면으로 나는 너를 사랑하고 있단다~ 하고 감정을 드러내곤 하셨다. 덕분에 삐뚤어진 나도 곧 이모의 사랑에 제대로 된 아이가 될 수 있었지.

"그렇다고는 해도……. 애들이 날 피하니까 좀 섭섭하네."

나는 볼에 손을 대고는 낮게 한숨을 쉬었다. 세희가 눈살을 찌푸렸다.

"그런 행동을 안 하시면 됩니다."

"페이하고 약속했으니까, 어쩔 수 없잖니?"

"정말 그런 이유입니까?"

그럴 리가 있나.

내가 이런 수치 플레이를 전력으로 하고 있는 건 일종의 본보기다. 저번에는 처음 한 여장이기 때문에 정신이 안드로메다로 가출해 버렸던 감이 없지 않아 있었지만, 지금은 두 번째. 사람은 경험을 통해 성장하는 법이다. 나는 이 기회에 나한테 이런 장난을 치면 내가 무슨 짓까지 하는지 아이들에게 철저하게 보여 줄 생각에 전력으로 역할극에 몰입하고 있다.

"……그러실 필요까지 있습니까."

"어머, 어머. 세희야. 사람 인생은 모르는 거야. 언제 또 이런 장난을 나한테 칠지 모르잖니? 이 기회에 제대로 교육시켜야지."

나는 눈웃음을 치며 슬쩍 세희에게 한 발자국 다가섰다.

세희가 부엌칼을 들어 올렸다. 표정이나 눈빛이 꽤나 진지하다.

"한 발자국만 더 다가오시면, 찌를 겁니다."

"아, 거참. 사람이 제대로 해 보겠다는데 반응 한번 너무하네."

"죄송합니다, 주인님. 너무 본격적으로 하시니 저도 모르게 실례를 범했습니다."

세희도 이런 내 모습을 보는 게 그리 즐겁지만은 않은 것 같다.

흐음~. 그렇다 이거지? 그동안 세희에게 당했던 과거의 나를 위해 지금 복수를 좀 해 볼까?

"그러니? 세희도 이런 건 별로 싫은 거야?"

나는 슬쩍 세희의 손을 잡았다.

"……저와 한번 해 보겠다는 겁니까."

살짝 낮아진 목소리. 평소라면 꽁무니를 뺐겠지만 조금 전 세희의 반응에 거짓이 없다는 것을 안 나는 거칠 것이 없었다.

"정말, 너무하네. 난 세희와 친하게 지내고 싶을 뿐인데."

나는 슬쩍 세희의 허리에 팔을 두르고 몸을 가깝게 한 뒤, 볼에 손을 댔다.

"세희는, 나하고 이러는 거 싫어?"

세희는,

"어디 한번 계속 해 보시지요."

평소와 조금도 다를 것이 없는 목소리로 그렇게 말했다.

쳇.

역시 세희한테는 안 되는 건가. 오히려 내가 부끄러워지네. 나는 팔을 풀고 뒤로 물러나며 말했다.

"관뒀다. 하긴, 너를 놀리려면 이런 거로는 안 되겠지."

"잘 생각하셨습니다."

세희는 빙긋 웃음 지으면서 손에 있던 부적을 소매 속에 집어넣었다.

"……아까 꺼낸 부적은 뭐야?"

"일시적으로 성별을 바꾸는 부적이었습니다."

"날 진짜로 여자로 만들 생각이었냐."

"그럴 리가요."

세희는 사악하게 웃으며 말을 이었다.

"제가 남자가 될 생각이었습니다."

……음.

도망치자. 장난 좀 치려다가 본전도 못 찾겠다.

"그러면 나는 페이하고 놀아 주러 간다."

"도망치시는 겁니까? 계속 해 보셔도 됩니다만. 아니, 오히려 그러셨으면 좋겠습니다."

"그럴 시간 없네요."

**페이가 나한테 바란 건 단순한 여장이 아니니까.**

부엌에서 나온 나는 페이의 방으로 향했다.

"들어갈게."

안에서 쿠당탕거리는 소리가 나고, 문틈 사이로 연기로 쓴 글이 새어 나왔다.

[잠깐만.]

평소에는 언제 어느 때든 환영이던 녀석이 왜 이런데? 하지만 기다려 달라고 하니 나는 군말 없이 앞에서 기다렸다. 물론 두 손은 공손히 배 앞에 모은 채.

기다린 지 얼마 되지 않아 문이 살짝 열리고 페이가 얼굴을 내밀었다.

[무슨 일?]

왜 이렇게 사람을 경계하는지 모르겠다. 나는 빙긋 웃으며 말했다.

"우리 페이가 보고 싶어서 왔단다."

양 갈래 머리카락이 팽팽 돌아간다. 나는 그 모습에 다시 한 번 미소를 짓고는 페이의 머리를 쓰다듬어 주었다.

"언니하고 노는 게 싫니?"

페이가 고개를 가로저었다.

[그런 거 아님. 들어오기.]

페이가 얼굴을 뒤로 빼고 문을 열었다. 나는 살짝 고개를 숙이고 페이의 방에 들어갔다.

평소 페이의 방에는 자주 찾아갔지만 이런 경우는 처음 보았다. 언제나 방구석 폐인같이 어지럽혀져 있는 페이의 방이었지만 오늘은 조금 다르다. 컴퓨터 책상 위에 아무렇지 않게 뒹굴고 다니는 빈 에너지 드링크 병도 없고, 컵라면 용기도 없다. 평소 구불구불 엮여 있던 게임기 패드의 줄도 잘 정리되어 있네.

나를 기다리게 한 뒤에 방을 치운 것 같다.

……아니, 단순히 여장한 것뿐인데 나를 대하는 자세까지 바뀔 필요는 없지 않나. 나는 그런 생각을 하면서 조금 더 주의 깊게 페이의 방을 둘러보려다가,

[그렇게 빤히 보면 싫음.]

페이의 글을 보고 그만두기로 했다.

"여기 앉아도 되니?"

나는 여기에 놀러 오면 언제나 말없이 앉았던 예비 컴퓨터

의자를 가리켰고 페이는 고개를 끄덕였다. 나는 의자에 앉았고 페이도 자기 의자에 앉으려고 했지만.

"페이야."

[?]

"이리 오렴."

내가 허락하지 않았다. 나는 당황하는 페이를 향해 손을 내밀었다. 페이가 얼굴을 살짝 붉히고서 내 손을 잡았다. 나는 페이를 끌어당겨서 내 위에 앉히고서는 머리를 쓰다듬으며 말했다.

"오늘따라 왜 그러니? 평소에는 당연히 내 무릎 위에 앉았으면서."

[지금의 성훈은 뭔가 다름. 이상함. 부끄러움.]

"어머, 어머. 페이가 바랐던 거 아니었니?"

[그렇긴 하지만…….]

내가 이렇게 철저하게 해낼 거라고는 상상도 못 한 거겠지.

"언니는 조금 슬퍼. 페이의 부탁으로 이렇게 여장까지 했는데 날 피하는 것 같아서."

페이가 화들짝 놀라 하더니 몸을 틀어 나를 올려다보며 글을 썼다.

[그런 거 아님! 피하는 거 아님!]

"응. 그러면 다행이네."

나는 페이의 머리에 볼을 비볐다.

"으~."

페이가 낮은 목소리를 내며 부끄러워한다. 우와, 귀여워. 이렇게 부끄럼 타는 페이는 처음 보는 기분이라 뭔가 가학심이라고 할까, 괴롭히고 싶은 마음이 든다.

"페이는 내가 페이를 얼마나 좋아하는지 알지?"

그래서 말했다.

[알고 있음.]

"언니가 미안해하고 있는 것도?"

페이는 글을 쓰지 못했다. 역시나.

"미안해, 페이야. 오늘 여장을 하고 나서야 알았어. 페이가 무슨 생각을 하고 있는지."

나는 페이를 껴안은 팔에 힘을 주며, 조금이라도 더 페이와 가까이하기 위해 노력하며 말했다.

"그동안 언니가 페이하고 많이 놀아 주지 못해서 미안해."

다른 아이들도 마찬가지였지만, 페이는 조금 입장이 다르다고 생각한다.


아마도, 우리 집에 있는 아이들 중에서 사랑을 확신받고 싶어 하는 아이가 페이일 테니까.


그건 페이의 아픈 과거와 관계가 있을 거다.

한 번, 믿었던 친구들에게 배신당했던 페이. 그 때문에 치이를 제외하고는 모든 이들에게 마음의 문을 닫아 버렸던 페이. 자신의 가장 친한 친구였던 치이의 마음마저 의심했던 페이.

물론 지금의 페이는 그때처럼 극단적으로 나가지는 않겠지만 그거와는 별개로 마음 한구석에 조금씩 쌓이는 마음의 의심 같은 건 충분히 있을 만하다.

　그렇기 때문에 내가 페이에게 가장 오랜 시간 대화를 나누고, 관심을 가지고, 도움을 주려고 했었던 그때처럼 내게 여장을 해 달라고 부탁한 거겠지.

　다시 말하면, 페이는 내게 돌려서 자기 마음을 전한 거다.

　그때처럼 나에게 관심을 보여 달라고.

　"······알고 있었어?"

　페이가 목소리를 냈다. 나는 고개를 끄덕였다.

　"당연하지. 언니가······ 아니."

　나는 목걸이를 풀고 말했다.

　"내가 그런 걸 모를 것 같다고 생각했냐."

　[이제 나한테는 별 관심 없는 것 같았음.]

　페이가 투정 섞인 글을 쓰며 고개를 숙인다. 나는 그런 페이의 머리 위에 턱을 괴며 말했다.

　"우리 페이가 왜 그런 생각을 하게 됐을까?"

　[나하고는 잘 안 놀아 줌.]

　······여기서 진실을 밝히는 건 간단하다. 내가 안 놀아 준 게 아니다. 나는 최대한 아이들과 노는 시간을 공평하게 나누려고 노력했다. 다만, 다만······.

　이 녀석의 스킨십은 단순한 스킨십이 아니라서 거절할 수밖에 없었다고.

이런 이야기를 하는 건 손바닥 뒤집기보다 쉽지만 지금 시무룩한 폐이에게 그런 말을 하는 건 불난 집에 부채질을 하는 것과 다름이 없지.

"그건 네가 너무 스킨십이 과해서 그런 거야."

그리고 난 그런 짓을 좋아한다.

[?!]

"왜 그렇게 놀라?"

[여기서 그런 말?!]

내 품에서 폐이가 반항하듯 바동바동한다. 그러거나 말거나 나는 말했다.

"사실이니까."

[그래도 그렇지!]

"난 거짓말은 하고 싶지 않거든."

선의의 거짓말도 난 하고 싶지 않다.

"다른 애들처럼 스킨십을 하고 같이 놀아 주려고 하면 네가 너무 달라붙어서 곤란하다고."

[으!!]

폐이의 반항이 심해졌다. 이러다가는 전처럼 도망치겠네. 나중에 말하려고 했는데 어쩔 수 없나.

"그렇다고 싫다는 건 아니야."

폐이가 딱 멈췄다.

"폐이가 날 어떻게 생각하는지 알고 있으니까. 그러니까 나도 아무런 생각 없이 널 다른 아이들처럼 어린애 대하듯 하고 싶지 않기 때문에 받아 주지 못하는 거지."

[알고 있었음?]

"모를 거라고 생각하는 게 더 이상하지 않냐?"

네가 나한테 한 행동과 썼던 글들을 생각해 봐라. 눈치 못 채면 눈먼 장님이지. 그런 남자가 세상천지에 어디 있겠어? 무슨 소설 속 주인공이기라도 하냐?

"그러니까 조금 기다려 줘라."

[뭘?]

……나도 잘 모르겠다.

내가 인간의 가치관에서 벗어날 때를 기다려 달라는 건지, 아니면 내가 페이의 과한 스킨십에도 귀여운 여동생을 대하는 것처럼 행동할 수 있을 때까지인지 말이야.

"나도 잘 몰라."

[그런 게 어딨음?]

"그러게 말이다."

나는 낮은 한숨을 쉬고 페이의 머리를 쓰다듬으며 말했다.

"하지만 나도 아직 애니까 어쩔 수 없잖아."

페이는 내 말이 마음이 안 드는지 양 갈래 머리카락을 빙빙 돌리며 글을 썼다.

[자기 맘을 알도록 어른이 되어야 하겠음.]

"그것만은 봐줘. 어른이 된 네가 달라붙으면 답을 내기도 전에 도망칠 거다."

[으~.]

나는 바보가 아니다. 우리 집에 있는 아이들이 나에게 어떤 마음을 품고 있는지 알고 있다. 하지만 나는 우리나라의 평범한 소년으로 자라났다. 우리 집에 있는 요괴 아이들같이 중혼을 인정하는 문화에서 자라지 않았다. 그렇기에 랑이를 제외하고는 여동생, 딸, 동생같이 친한 아이를 대하는 마음으로 지내 왔고, 지금은 아이들을 새로 생긴 가족으로 여기고 있다.

내 마음이 어떻게 변할지는 지금의 나는 모른다. 그래서 나는 지금만은 이런 마음으로 지내고 싶다. 왜냐하면, 처음으로 생긴 소중한 가족이니까. 누구 하나도 놓치고 싶지 않은 소중한 아이들이니까.

**내가 조금 더 어른이 되거나, 아이들이 어른이 되어서 독립할 때까지.**

그 때까지 나는 계속해서 이런 관계를 유지하며 지내고 싶다. 그게 내 바람이고, 그렇기에 나는 폐이의 마음이 조금은 부담스럽기도 한 거다.

그래서 나는 말했다.

"미안해, 폐이야. 내가 너무 어린애 같아서."

폐이가 말했다.

"……너무해. 너무 이기적이야."

폐이의 목소리에는 불만이 가득 섞여 있었다. 하지만 그럼에도 내 품에서 날아갈 생각은 없는 것 같다.

"그래도 페이는 이해해 줄 거라고 믿고 있어. 그래서 페이한테만은 이런 말을 할 수 있는 거고."

다른 아이들은 지금의 상황에 만족하고 있어서 말 안 한 거기도 하지만.

"페이는 가장 어른스러우니까."

[······이런 식으로 인정받고 싶지 않음.]

페이는 볼펜 글을 쓰고는 내 품에 파고들었다. 내 가짜 가슴에 얼굴을 기댄 페이가 글을 썼다.

[하지만 나, 요괴. 성훈은 인간. 서로 다름. 이해함. 기다릴 수 있음.]

"고맙다."

[그러니까 성훈도 이해하기.]

페이가 두 팔을 들어 내 목을 휘감았다. 자연스럽게 내 고개가 숙여졌고, 페이가 내게 입을 맞췄다. 입술과 입술이 닿을 뿐인 가벼운 뽀뽀였지만, 그 어느 때와 다르게 페이는 얼굴을 붉히고 부끄러워하는 기색을 가득 담아 글을 썼다.

[이건 그 대가.]

역시, 페이는 내게는 조금 위험한 가족일 수밖에 없는 것 같다. 그 표정에, 그 몸짓에 내 가슴이 두근두근 뛰어 버렸으니까.

나는 그 두근거림에 포획되지 않기 위해 급히 화제를 돌렸다.

"그, 그런데 페이야."

[사랑 고백은 그런 식으로 하는 거 아님.]

요망한 꼬맹이 같으니라고. 묘하게 달아오른 얼굴에 나를 바라보는 시선이 열기에 젖어 있는 것을 보니 위험한 느낌이 물씬 풍긴다. 나는 녀석의 머리를 쓰다듬으면서 아래로 내리는 것으로 눈빛 공격을 피하며 말했다.

"너는 냥이를 어떻게 생각해?"

[흑호님?]

"응."

페이는 잠시 가만히 있다가 조심스럽게 연기로 글을 썼다.

[복잡함.]

치이와 사이가 안 좋아질 뻔했던 이유에 냥이가 깊게 관계해 있으니까 페이의 글을 이해할 수 있다.

[그래도 성훈이 받아들임. 그러면 나도 받아들여야 함.]

"꼭 그렇지는 않아."

페이가 고개를 들어 내 턱을 손가락으로 슬쩍 들어 올리며 말했다.

[남자를 이해해 주는 척. 그게 좋은 여자 조건.]

"……이해하는 게 아니라?"

[남자, 여자. 절대 이해 못 함.]

페이는 인생의 진리를 말해 주는 듯 거만하게 글을 썼다. 사람마다 이성관은 다르니까 내가 뭐라고 할 수는 없지만, 참으로 본받고 싶지 않구나.

[치이는 뭐라 그럼?]

나는 치이가 한 말을 그대로 전해 주었다. 페이는 고개를 끄덕이고는 기분 좋아 보이는 미소를 지으며 글을 썼다.

[역시 치이. 내 친구다움.]

자신의 절친이 마음 착한 아이라는 것에 기뻐하는 것 같다.

[치이가 그러면 나도 같음.]

즉, 냥이가 사과만 하면 별 상관이 없다는 말이지. 페이는 치이보고 착한 아이라고 했지만 내가 보기에는 페이도 치이만큼이나 착한 아이다. 그러니까 좋은 우정을 지금까지 쌓을 수 있었던 거겠지. 나는 이 녀석이 자신의 친구와 영원히 사이가 좋기를 바라며 볼을 쓰다듬었다.

[약함. 쪽쪽~해 주기.]

······너무 밝히지만 않으면 좋겠단 말이지.

# 금요일의 이야기

폐이는 양반이었다.

숙면을 취하고 있던 나는 뭔가 무거운 게 올라탄 느낌에 눈을 떴다. 잠에 취해 사리 분별이 잘 안 되는 내가 본 것은, 배 위에 올라타 내 가슴에 손을 얹고 몸을 지탱하고 있는 누군가였다. ……랑이인가? 아니, 랑이라고 보기에는 너무 무겁고 키도 크다. 설마 가희인가? 하지만 배에서 느껴지는 말랑말랑한 감촉과 함께 전해지는 체온은 따듯하기 그지없다.

"누구……야?"

나는 눈을 비비며 머리만 살짝 들면서 정체불명의 인물에게 말을 걸었다.

"키잉."

아, 그렇군. 아야다. 그런데 아야가 이렇게 무거웠나? 어둠에 익숙해진 눈이 그런 내 의문에 답해 주었다. 아야는 목걸이를 어디다 두었는지 어른의 모습이었다. 이 녀석이 왜 이런 야밤에 내 배 위에 올라탄 거지? 같이 자고 싶으면 그냥 옆에 누우면 될 걸.

나는 다시 머리를 베개에 대고서 말했다.

"같이 자고 싶어서 왔어?"

"……반응이 그게 뭐야, 이 둔감아?"

음. 내가 너무 퉁명스러웠나? 그래, 그래. 아야는 아빠의 정에 굶주린 아이였지. 나는 아야의 팔을 잡아끌었다.

"키이잉?"

자연스럽게 아야가 앞으로 넘어왔다. 내 가슴에 아야의 부드러운 가슴이 물컹하고 짓눌린다. 헤에, 감촉이 좋구나. 가슴이 크면 이런 게 좋단 말이지. 손으로 만져 보고 싶다. 성이 찰 때까지 주무르고 싶다. 가슴과 엉덩이의 감촉을 비교하고 싶다. 하지만 그런 짓을 했다가는 아빠 실격이기에 나는 몸을 왼쪽으로 돌리며 아야의 등에 팔을 둘렀다. 아야는 반항 한 번 제대로 못 해 보고 그대로 내 옆자리에 눕게 되었다.

"자, 잠깐, 이 바보 아빠! 너무 능숙한 거 아니야?"

능숙할 수밖에 없지. 지금까지 내가 어떤 생활을 해 왔는데. 나는 투덜거리는 아야의 머리를 꼬옥 껴안아 주면서 다른 한 손으로는 탐스런 꼬리를 쓰다듬어 주었다. 부드러운 꼬리가 살랑살랑하면서 내 손에서 벗어나고 다시 들어오고를 반복한다. 기분 좋은 간지럼이다. 마치 촉감 좋은 비단이 내 손을 스쳐 지나가는 느낌 같다.

"아빠 졸리니까……. 일단 자자."

"키이이잉?! 잠깐, 이 고자 아빠! 내가 이런 모습으로 밤에 숨어 들어왔는데 할 말은 그거밖에 없어?"

음……. 아, 그렇군.

"나래한테 허락받았어? 안 받았으면 내일 혼날 거다."

그 말을 하고 나서.

"키이잉!"

나는 가슴팍에서 느껴지는 강렬한 충격에 잠에서 완전히 깨고 말았다.

"크에엑?!"

이, 이 녀석! 아빠한테 주먹을 날리다니! 나는 벌떡 일어나서 마찬가지로 일어나 앉은 아야에게 말했다.

"이 아빠는 널 그렇게 키운 적 없다!"

"애초에 아빠는 날 키운 적 없거든?!"

아, 그러네.

"이 아빠는 널 그렇게 키울 생각이 없다!"

"키이잉! 난 이미 다 컸단 말이야!"

어둠 속에서 아야의 꼬리가 붉게 변했다. 덕분에 나는 지금 아야의 모습을 볼 수 있었는데…….

"너, 옷은 어디 갔냐?"

이 녀석, 알몸이다. 그것도 어른의 모습으로. 순간적으로 이 꼴을 나래에게 걸리면 반죽음은 확정이라는 생각이 들었다.

"할 말은 그게 다야?"

음.

"잘 컸구나. 아빠는 아야가 자랑스럽단다. 하지만 아무 데서나 옷을 벗고 다니면 안 돼요."

내 정상적인 대답에 아야는 벌떡 일어나서는 갑자기 내 앞에서 뒤로 돌아섰다. 뭘 하려고 그러나 했더니, 이내 아야가 엉덩이를 좌우로 흔들었다. 거기에 맞춰 꼬리가 살랑살랑 움직이며…… 내 뺨을 때렸다. 화끈하네.

"아프잖아."

"둔감이는 아파도 돼."

아야가 다시 몸을 돌려 내 앞에 앉았다. 알몸으로. 이런 상황은 별로 안 좋기 때문에 나는 조심스럽게 이불을 집어서 아야의 몸에 둘러주었다.

"그래서 우리 아야는 왜 갑자기 화가 난 걸까~요?"

아야의 꼬리가 이불 속에서 쏙~ 나와서는 붉게 달아올랐다. 그 불빛을 통해 아야의 표정을 좀 더 확실하게 볼 수 있었다. 뭐가 그렇게 분한지 눈썹을 추켜세우고 볼을 부풀린 채 입술을 내밀고 있다.

"설마 했더니 진짜였어."

"……뭐가?"

"아빠. 아니, 강성훈."

아야가 내 이름을 부르는 거에 나도 모르게 허리를 딱 세우며 대답하고 말았다.

"응."

"너, 내가 너 좋아하는 거 알지?"

완벽한 돌직구다.

"응."

그래서 나도 돌직구로 답했다.

"우리 아야가 아빠를 좋아하는 걸 모를 리가 없잖아?"

볼로 향하는 구질로.

"……."

"……."

아야가 꼬리 주위에 푸른 여우불을 띄우는 것으로 내 말에 답해 주기에 나는 장난칠 상황이 아니라는 것을 깨달았다.

"농담이다. 네가 날 남자로서 좋아하는 건 알고 있다고."

그런데도 여우불은 사라지지 않고 오히려 내 주위를 빙글빙글 맴돌기 시작했다.

"저기, 아야야?"

침묵이 무섭다. 도대체 무슨 생각을 하고 있는지 모르겠다고. 다시 한번 불러 봐야 하나 고민하고 있을 때.

"그런데, 왜 그래?"

"뭐가?"

"조금이라도 반응해야 할 거 아니야, 이 성 불구자야!"

나는 아야가 내게 바란 것이 무엇인지 깨달았다. 그렇군. 하긴, 예전의 나였다면 아야가 알몸으로 내 몸 위에 올라타 있었다면 내 마음대로 크기를 조절할 수 없는 신체 기관이 멋대로 혈액을 빨아들이는 것을 막기 위해 필사적인 노력을 했겠지. 그러나 지금은 다르다. 나는 이미 아야를 내 딸로 여기기로 결심했다. 그리고 자기 딸에게 성적으로 흥분하는 남자는 사람이 아니다. 짐승만도 못한 존재다.

그렇기에 나는 아야가 바랐던, 아마도 장난이겠지만, 반응을 보여 줄 수도 없다.

"아니, 그게…… 넌 딸이잖냐."

그런 생각을 간략하게 정리해서 말해 주었는데 아야의 분위기가 심상치가 않다. 어깨를 부들부들 떠는 것에 동조하듯 여우불까지 넘실거린다. 이러다가 집안 태워 먹는 게 아닐까 걱정하고 있을 때.

아야가 말했다.

"……결정했어."

"응?"

아야가 내 눈을 똑바로 바라보며 화를 내듯 말했다.

"오늘은 아빠가 날 연인처럼 대하는 게, 내가 아빠한테 할 부탁이야!"

……아닌 밤중에 홍두깨라는 말이 이럴 때 쓰이는 거겠지.


나는 지금까지 누구와 사귀어 본 적이 없다. ……그게 무슨 헛소리냐고 생각할지도 모르겠지만 이건 엄연한 사실이다. 나래와는 두말할 것도 없고 랑이하고는 사귀고 있다고 하기 묘한 관계다. 엄밀히 따지면 육아의 개념으로 넘어가야 하지 않을까. 성의 누나하고는 서로의 마음만 확인하고서 이별하게 됐지. 그런 내게 아야는 말했다. 연인처럼 대해 달라고. 누군가와 사귀어 본 적이 없는 내게 있어서 연인처럼 대해 달라는 아야의 부탁은 꽤나 개념을 정하기 힘든 문제였다.

연인이면 도대체 뭘 해야 하는 거야? 난 그런 거 모른다고!

"이곳에 설득력 없는 말을 하는 사람이 있는 것 같습니다."

잠시 생각할 게 있다는 말로 아이들을 못 오게 한 뒤 마당의 상 위에 앉아 있자니 세희가 나타났다.

"또, 남의 생각을 읽었냐."

"몇 번이나 말씀드려야 합니까. 주인님의 생각 정도야 요술을 쓰지 않아도 알 수 있습니다. 어젯밤에 있었던 일과 갑자기 주인님께서 생각하실 게 있다는 것. 그렇다면 주인님의 성격상."

세희는 목소리를 가다듬고 말했다.

"연인이면 도대체 뭘 해야 하는 거야?"

역시 자기 목소리를 이렇게 들으면 뭔가 이상하군.

"이런 생각이나 하고 계시겠지요."

"잘 아네."

**"그래서 어찌 하실 겁니까."**

"그걸 알면 내가 지금 이 고생을 하고 있겠냐."

세희가 부채를 꺼내 입을 가리며 말했다.

"제가 물은 것은 그것이 아닙니다."

"……그러면?"

"벌써 금요일입니다. 그동안 마주하셨던 여러 분들의 마음을 모르는 척하실 겁니까."

세희가 아픈 곳을 찔러 왔기에 나는 할 말을 잃었다. 랑이와 바둑이를 제외한 아이들이 내가 바란 것. 그것들은 모두 한 가지 공통점이 있었다.

세희가 말했다.

"이제 슬슬 다가오는 현실을 마주하셔야 하지 않겠습니까. 아니면 귀머거리 흉내, 장님 흉내를 내며 옆 동네 하렘 러브 코미디의 주인공처럼 현상 유지를 위해서만 열심히 노력할 생각만 하고 계십니까? 아니면 우리 동네 하렘 러브코미디의 주인공처럼 한 명만 택하고 다른 이들은 멀리 쳐 내실 생각이 십니까."

지난 한 달간은 요괴의 왕의 업무 때문에 바빴기 때문에 이 문제를 회피할 수 있었다. 그럴 상황이 아니었으니까. 하지만 냥이가 온 후, 업무가 줄어들고 시간이 생김에 따라 그동안 묵혀 두었던 문제가 슬슬 수면 위로 올라오는 기분이다. 치이 도 그랬고, 페이도 그랬고, 아야도 그리 하고 있다.

아이들이 바라고 있는 것은 별것 아니다.

자신들의 마음을 인정하고 받아 달라는 것.

하지만······.

"인간의 가치관으로 살아온 17년을 어쩌라고."

"안주인님과 나래 님, 거기다 성의 님과 혼례를 올리겠다고 결심하셨던 주인님의 말씀이었습니다."

끄아아아악!! 변명이 그대로 박살 나 버렸다. 뇌가 탈진 상태가 되어서 아무 말도 못 하고 거친 숨만 쉬고 있을 때, 세희가 말했다.

**"그렇게 무섭습니까."**

세희가 무슨 뜻을 전하고 싶은 건지는 알 것 같다. 나 역시 계속해서 생각해 왔던 거니까.

내가 아이들의 마음을 받아 주면, 우리들의 관계는 변하게 된다. 그것은 우리 집의 분위기가 변할 수 있다는 말이다. 어떻게 될지는 아무도 모른다. 지금처럼 화목한 가족으로 지낼 수도 있고, 혹은 다르게 변모할 수도 있는 것이다.

그 날은 언젠가 온다. 오게 될 수밖에 없다. 내가 결정하든, 아이들이 결정하든 그 날은 피할 수 없을 것이다.

그것은 인정하고 받아들일 수 있다. 그런 게 어른이 된다는 걸 테니까.

하지만……. 뭐랄까. 지금 당장 그런 걸 결정해야 할 필요가 있을까? 어떻게 생각하면 지금의 우리 집은, 내 손으로, 내 노력으로 일구어 낸 내 가정이다. 아이들이 머물기로 결심했기에 내 가정이 만들어질 수 있었지만, 내 노력의 산물이라는 것 또한 인정해야 한다.

그런데.

"겨우 두 달밖에 안 됐다고……."

나는 깊은 한숨을 쉬었다. 그런 나를 세희가 안쓰럽게 바라보며 말했다.

"그만큼 그분들의 마음이 진실하다는 것 아니겠습니까."

"아니, 나도 충분히 진실하거든?"

"주인님께서는 가정을 이루는 것에 무게가 더 실리는 것이겠지요. 그래서 현실에 만족하고 계시는 거고요. **지금까지 주인님께 결여되었던 것이니만큼.**"

우와, 나보다 나를 잘 아는 녀석이 옆에 있으니 짜증 난다.

"그리고 아마 새언니께서 주인님께 말씀드린 부탁은, 그런 마음가짐 때문에 자신의 아들에게 닥친 **가장 큰 문제**에서 눈을 돌리고 있는 것을 염려하신 탓에 하신 것이겠지요."

"설마. 어머니는 그냥 내가 일 때문에 바쁘다고 애들하고 잘 놀아 주지 않았던 걸 걱정하신 거겠지."

나는 가능성에서 눈을 돌렸고 세희는 그런 나를 비웃었다.

"그 문제 역시 어른이 되어 가며 해결할 문제이긴 하지만 그렇다고 현실에서 눈을 돌리라는 이야기는 아니었습니다, 주인님."

오랜만에 진심으로 짜증이 나려고 하네. 사람을 화나게 하는 건 세희가 최고라니까, 진짜.

"됐고, 지금은 일단 아야가 바라는 걸 어떻게 하면 들어줄 수 있을지 고민하는 게 먼저야. 넌 좋은 생각 없냐."

"적절한 화제 전환이십니다, 주인님. 점점 나쁜 남자가 되어 가시는군요."

나는 아무 말도 하지 않았다. 말을 해 봤자 결국 세희의 현

란한 말솜씨에, 내 정신에 상처만 생길 테니까.

"알겠습니다, 주인님. 원하시는 질문에 대답을 해 드리지요. 그것이 저의 역할이니까 말이죠."

그리고 세희는 소매에서 책 한 권을 꺼냈다.

"제가 예전에 쓴 나와 선배라는 청춘 소설입니다. 참고해 보시지요."

지리산에서 있었던 예전의 악몽이 떠올랐다. 그래. 내가 미쳤지. 세상에 물어볼 귀신이 없어서 세희에게 물어보냐. 나는 그 책을 세희에게 정중하게 돌려주며 말했다.

"내가 알아서 하마."

"그러면 한 가지 팁을 드리겠습니다."

"뭔데?"

"아야 님은 지금 주인님의 방에서 기다리고 계십니다."

그건 의외로 쓸 만한 팁이었다. 찾으러 가다가 다른 아이들에게 잡힐 일은 없을 테니까.


그렇게 해서 나는 내 방으로 돌아갔다. 아야는 내 의자에 앉아서 몸을 살짝 앞으로 숙인 채 볼을 부풀리고 있었다.

"무슨 생각을 할 게 그렇게 많아서 늦게 와, 이 거북이야."

"아니, 뭐……. 사람은 생각하는 동물이라는 말도 있잖아?"

나는 아무 말이나 내뱉고……. 어디에 앉지? 평소라면 아야를 들어 올린 다음에 의자에 앉고 아야를 내 위에 앉혔을 테지만 새벽에 들은 부탁이 마음에 걸린다. 보통 연인이 그런 걸 하지는 않을 거 아니야? 그래서 나는 엉거주춤 책상에 엉덩이를 대고 기대듯 앉았다. 그걸 아야가 날카로워진 눈매로 보았다.

"지금 뭐해?"

"앉았는데."

"왜 거기 앉는데, 이 의미 불명아."

"그럼 어디 앉을까."

아야가 의자에서 일어나서는 손가락으로 가리키며 말했다.

"여기 앉아."

그래서 난 의자에 앉았다. 당연하겠지만 아야는 그런 내 허벅지 위에 앉았다.

음.

"……**조금 무거워진 걸** 빼면 평소와 다를 게 없지 않냐?"

내 말에 아야도 뭔가 깨달은 것 같다.

"……그러면 연인들은 뭐 어떻게 하는데?"

"……오히려 연인이라면 이렇게 앉지 않겠지."

내가 지금까지 살아오면서 수많은 연인들을 공원 벤치 같은 곳에서 봐 왔지만 이렇게 여자가 남자 위에 앉는 경우는 본 적이 거의 없다. 그런 연인들은 주위의 눈총을 심하게 받거든. 그런 연인들을 보면 내 절친한 친구 세현은 이렇게 말하곤 했다.

리얼충 폭발해라, 애정 행각은 집에서나 하시지, 호텔 갈 돈이 없냐, 다 죽었으면 좋겠다, 세계 멸망의 때가 도래하였도다, 내게 필요한 건 총 한 자루와 총알 세 발이지. 아, 시발. 커플들 다 뒤졌으면 좋겠다.

되돌아보면 용케 그런 녀석과 친구로 지내고 있다는 생각이 든다.

어찌 되었건, 내가 하고 싶은 말은 이거다.

"옆에 앉아."

"키이잉?"

"일단 앉아 봐라."

아야는 의아해하면서도 내 말을 따라 옆의 의자에 앉았다. 그리고 슬쩍 아야의 손을 잡았다. 나보다 약간 작은 아야의 손이 부드럽고 살짝 간지럽다.

"이게 무슨 의미가 있는 거야, 이 연애 초보야?"

부정할 수 없는 호칭에 할 말이 없다.

"연인들은 보통 손을 잡고 앉는 것 같아서."

"……이게 다야?"

오히려 평소보다 낮아진 애정 행각에 아야는 불만인 것 같다. 하지만 보통 연인들은 이러지 않나?

내가 아야에게 했던 애정 행각들은 이 녀석을 딸이라고 생각했으니까 할 수 있었던 일이었다. 내가 나래를 대할 때를 기억해 봐. 난 원래 이성으로 느껴지는 상대에게는 정말 조심스럽게 행동한다고.

"키이이잉⋯⋯."

아야는 꽤나 불만인 것 같지만. 그래서 나는 장난을 칠 겸, 아야의 손가락 끝을 손톱으로 슬쩍 눌렀다.

"키잉?!"

깜짝 놀라서 몸을 움찔거린다.

"뭐, 뭐 한 거야, 자기야?!"

"응?"

나는 제대로 된 설명 대신 아야의 손톱 밑 부분을 내 손톱으로 살짝 눌렀다. 아야가 얼굴을 붉히며 당황해한다. 왜 그러지?

"이, 이상한 짓 하지 마!"

"뭐가 이상한데."

"뭔가 기분이 이상해지잖아."

⋯⋯영문을 모르고 있자니 아야가 탐스러운 꼬리를 추켜세우더니 키이잉 하고 울었다.

"너도 한번 당해 봐."

그리고 아야 역시 내가 했던 일을 똑같이 했다.

음. 확실히 뭔가 기분이 이상하긴 하구나.

뭔가 꽁기꽁기한 기분이 든다고 할까, 간지럽다고 할까. 단순히 손을 잡기만 했을 때는 느끼지 못했던 이상한 감각이다.

"확실히 이상하네."

"그렇지? 키히힝~."

내가 동의하자 아야가 기분이 좋아진 것 같다. 그러면 다른 것도 더 해 볼까. 영화나 드라마에서 연인들끼리 자주 하는 그것도 해 보자, 그거. 지금까지 해 본 적 없는 그거 말이야.

나는 아야와 깍지를 꼈다.

"키이잉?!"

아야가 깜짝 놀라 했지만 나도 그걸 뭐라고 할 만한 상황이 아니다. 나 역시 깜짝 놀랐으니까. 단순히 손을 잡았을 때와는 다르다. 손가락 마디마디마다 아야의 손가락이 파고들어 빈틈을 없애고 가득 채워 주는 그 느낌이…… 묘하게 충실감과 충만함을 내게 선물해 주었으니까.

"……이거 꽤 기분 좋은데?"

"키이잉……"

아야도 얼굴을 붉힌 채 고개를 끄덕이는 것으로 동의해 왔다. 그래서 나는 잠시 아야와 깍지를 낀 채 아무 말도 없이 가만히 있었다.

시간이 지난 뒤. 나는 깨달았다.

"땀난다."

가을이지만 아직 더운 날씨에 깍지를 끼고 있으면 손에 땀이 찬다는 사실을. 그런 당연한 사실에 아야가 꼬리를 붉게 물들이며 소리쳤다.

"키, 키이잉! 내 땀 아니야, 이 땀 줄줄이!"

내 땀이든 어떠하리, 네 땀이든 어떠하리. 중요한 건 그게 아니다.

"일단 손 놓을까?"

나는 그리 말하며 축축해진 손을 슬쩍 빼려고 했다. 하지만 이내 꽈악 하고 아야가 내 손을 쥐었다.

"응?"

왜 이러나 싶어 아야를 본다. 아야는 고개를 푹 숙이고 귀까지 붉게 물들인 채 입술을 삐죽 내밀고 중얼거리듯 말했다.

"그런 건 아무래도 좋단 말이야, 이 바보야."

……아무래도 손을 빼는 건 나중으로 미루어야겠다.

그렇게 나와 아야는 깍지를 낀 채 아무 말도 하지 않고 아무것도 하지 않은 채 시간을 보냈다.

저녁을 먹으러 갈 때까지는.

"으냐아아아아앗!!"

깍지를 낀 채로 안방에 들어오자 나와 아야를 맞이해 준 것은 화가 머리끝까지 난 듯한 랑이였다. 조금 전까지 까막까치와 냥이하고 놀고 있었는지 한 쪽 구석에 트럼프가 널려 있다.

아하. 왜 조용했나 싶었더니 오늘은 치이와 페이가 랑이를 막아 주고 있었구나. 의외로 단단한 동맹일세. 그건 그렇고 지금은 화가 난 랑이를 달래는 게 먼저겠지.

"왜 성훈이가 아야와 깍지를 끼고 있는 것이느냐?!"

해석하겠다.

나도 성훈이와 깍지를 끼고 싶으니라!

어린애다운 독점욕에 불이 붙은 거겠지. 나는 비어 있는 손

을 랑이에게 내밀려고 했다.

"키히힝~."

하지만 그보다 앞서 아야가 나서는 게 빨랐다.

"둔탱이는 우리 자기하고 이런 거 해 본 적 없는 거야?"

그 말을 내뱉는 순간 랑이와 냥이가 누가 먼저라 할 것도 없이 꼬리털을 곤두세웠다.

"그럴 때는 '성훈과 깍지를 처음 껴 본 것은 나, 아야다!' 라고 말씀하시는 겁니다."

"그렇게 아쉬우시면 누구보다 먼저 전하와 몸을 겹치시면 되잖아요."

이상한 소리를 하는 귀신 녀석들은 신경 쓰지 말자. 랑이의 볼이 풍선처럼 부풀었으니까.

"나도, 나도 할 것이니라!"

랑이가 내 손이 살코기라도 되는 듯이 달려든다. 가만히 있어 주는 게 랑이를 위해서 좋겠지만, 이상하게 나는 이럴 때는 장난을 치고 싶어진단 말이지. 나는 왼손을 하늘을 향해 번쩍 들었다.

"어?"

내 손을 노리고 달려들었던 랑이는 아무것도 잡지 못하고 그대로 날 지나치며 자기 힘을 못 이기고 앞으로 넘어졌다. 하지만 고양이의 균형 감각은 어디 가는 게 아닌지 그대로 앞구르기를 해서 뒹굴뒹굴 구르더니 번쩍하고 일어나는 것과 동시에 두 팔을 수평으로 팍 폈다.

10점 만점에 10점이로군. 그리 생각한 건 나만이 아닌지 박수가 터져 나왔다.

"헤, 헤헤헤헤."

랑이는 박수를 받은 것이 부끄러웠는지 헤실헤실 웃으며 뒤통수를 긁다가.

"으냐앗! 지금 이럴 때가 아니니라!"

이제야 정신을 차린 것 같다. 랑이가 나를, 정확히 말하면 내 왼손을 노려보며 말했다.

"왜 피하는 것이느냐?!"

대답은 아야가 했다.

"왜긴 왜야, 이 반칙꾼아. 오늘은 우리 아빠가 부탁을 들어 주는 사람이 나라서 그런 거지."

그 말을 듣고 랑이도 내가 왜 이렇게 아야와 깍지를 끼고 있는지 깨달은 것 같다. 랑이의 얼굴에 절망이 깃든다. 그것으로 모자란지 털썩하고 무릎을 꿇으며 두 손으로 머리를 부여잡았다.

"그, 그럴 수가. 나는 어찌하여 성훈이에게 깍지를 껴 달라고 부탁하지 않았던 것이느냐."

……별 이상한 거로 심각하게 고민하는군. 그리고 아야가 원한 건 나와 깍지를 껴 달라는 게 아니었지만 말 안 하는 게 좋겠지.

그건 그렇고. 이런 소동이 벌어지는 가운데에서도 이상하게 가만히 있는 사람이 있다. 내 소꿉친구, 나래다. 평소라면 아무리 약속이라고 해도 이런 일이 일어나면 눈치라도 주면서 이제 좀 그만하라고 은근한 주의를 줬을 텐데…….

"왜?"

"아, 아니."

오늘은 옆에서 무슨 일이 일어나든 말든 가만히 앉아서 책만 읽고 있다. 아니, 오늘뿐만이 아니지. 나래는 요즘 들어 계속해서 이런 일들을 방관하는 태도를 보이고 있다. 그 사실이 마음에 걸린다.

내가 나래를 믿고 있기에 부정하고 있는 그 가능성이 현실이 될까 봐.

"성훈아!"

하지만 그런 고민은 랑이의 높은 음색에 저 멀리 사라지고 말았다.

"어?"

"우리는 부부이지 않느냐!"

정확하게 말하면 부부가 될 사이겠지.

"그러니 깍지 정도야 언제 어느 때든 껴 줄 수 있는 것 아니겠느냐?"

사용된 근거가 잘못되긴 했지만 거기서 나온 결론은 그리 나쁜 것이 아니었다. 깍지 정도야 언제 어느 때든 껴 줄 수 있지. 이게 이상한 일도 아니고 말이야.

하지만.

오늘은 아니다.

"아, 그건 좀 곤란한데."

왜냐하면 내 옆에 있는 아야 때문이지. 아야는 만약 내가 랑이와 깍지를 끼면 자신의 날카로운 손톱으로 내 배를 괴롭힐 거라는 것을 행동으로 예고했다. 다른 때라면 이렇게까지 안 하겠지만 오늘은 다른 거겠지. 아야가 나와 깍지를 낀 것에 대해 특별한 의미를 두고 있으니 나도 거기에 따라 줄 수밖에 없다고.

"으냐아아아~."

하지만 그 말에 랑이가 완전히 풀이 죽어서 흐느적흐느적하며 무너졌다. 이것 또한 가만히 보고 있기에는 너무 불쌍한 게 사실. 그래서 나는 중도책을 꺼냈다.

나는 우리 착한 치이를 보았다. 치이가 내 시선을 눈치채고 고개를 끄덕였다.

내가 한다고는 안 했다.

"아우우우, 랑이 님. 오늘은 오라버니가 아야하고 같이 놀아 주는 날인 거예요. 랑이 님이 방해하면 안 되는 거예요."

[옛날이야기에서 욕심 많은 호랑이는 뒤끝이 안 좋음. 이리와서 우리랑 놀기.]

"우~. 알지만, 그래도, 으냐아~."

쉽게 자리를 뜨지 못하는 랑이를 보던 치이가 한숨을 쉬고는 일어섰다. 거기에 맞춰 페이도 일어나서는……. 실의에 빠진 랑이의 양팔을 한쪽씩 잡고 질질질 끌고 갔다. 그 모습을 보는 냥이의 입가에 미소가 걸린 이유는 단순히 나와 랑이의 물리적 거리가 멀어졌기 때문이겠지.

심리적 거리요? 그런 건 언제나 한 몸이니까요!

"키히힝~."

그 모습을 보며 아야는 승리자의 웃음을 흘렸다. 그 모습이 연인의 관심을 독차지한 것에 기뻐하는 여인 같아서 나도 모르게 가슴이 살짝 두근 뛰었다. 이대로 있는 것도 꽤 괜찮을지도.

하지만 그것도 밥상이 나오자 이야기가 달라졌다.

"……."

"……."

"……놔라."

"……그냥 먹을 수 있잖아, 이 능력자야."

그런 능력 없다.

"난 오른손잡이라고."

"나도 그래."

아야는 내 손을 놓아줄 생각을 하지 않고 있다. 아야야 자기 왼손을 잡혀 있으니 밥 먹는 데도 조금 불편하고 말겠지만, 나는 다르다. 나는 오른손이라고. 왼손으로 젓가락질을 했다가는 처음 젓가락을 잡았던 랑이 꼴이 될 거다.

아. 지금과 상관없는 이야기지만, 랑이도 이제는 젓가락질에 상당히 능숙해졌다. 나래의 열성적인 교육 끝에 혼자서도 젓가락질을 제대로 하면서 냠냠 밥을 잘 먹게 됐지.

그런 생각을 하는 도중에 아야가 이상하게 부끄러워하면서 몸을 꼬물꼬물한다. 그리고 나는 지금까지 겪은 다분한 경험을 통해 아야가 무슨 말을 하려고 하는지 알 수 있었다.

"어쩔 수 없⋯⋯."

"참고로 아앙~ 같은 건 안 한다."

아야가 그대로 굳어 버렸다. 역시 내 예상대로였군. 왜 이 녀석들은 그렇게 아앙~ 같은 걸 좋아하는 거야? 다른 애들도 했으니까 나도 하겠다는 건가? 그런 걸 부러워하지 않았으면 좋겠는데.

"왜! 왜 나는 안 되는데?! 치이는 해도 됐잖아!"

아야의 날카로운 눈빛에 치이가 고개를 돌렸다.

"상황이 다르잖아."

그때는 간간이 치이가 젓가락을 들이민 거고 지금은 처음부터 끝까지 밥을 먹여 줄 기세인데 거절하는 게 당연하지. 내가 두 달 전의 랑이도 아니고 그런 부끄러운 짓을 할까보냐.

즉, 나에게 아앙~을 하고 싶으면 손을 놓으라는 무언의 압박이라 이 말이지. 후후후후.

그 사실을 깨달았는지 아야가 꽤나 분한 태도로 나를 올려다보며 울음소리를 냈다.

"키이이이잉~!"

그래 봤자 난 안 물러난다. 여기까지가 내가 용납할 수 있는 마지막 선이라고.

"치사해, 이 앙탈꾼아."

아야가 날 이상한 단어로 정의를 내리고 손을 놓았다. 후,

이제 좀 살겠네. 나는 땀을 쓱쓱 바지에 닦고 나서 수저를 들 었…….

"아앙!"

오늘 저녁도 맘 편하게 먹긴 글렀군.


아무런 관심도 보이지 않는 나래의 눈치를 보느라 편하지 않은 저녁을 먹은 나는 더부룩한 속을 달래기 위해 잠시 시원 한 바람이 부는 대청마루로 나왔다. 차라리 나래가 날 때리거 나 눈치라도 줬으면 이러지 않았을 텐데 말이야. 뭔가 아이들 의 행동에 나래가 아무런 반응도 없으니……. 뭔가 변한 것 같아서 무섭다. 평소처럼 제때제때 때리거나 꼬집거나 차거 나 밟아 주면 몸은 아파도 마음이 편할 텐데.

……이런 말을 하는 내가 참 슬프네. 자기 신세에 한탄하고 있을 때 안방 문이 열리고 아야가 나왔다. 여담이지만 그 뒤 로 랑이가 치이와 페이에게 붙잡힌 채로 땅바닥을 기면서 이 쪽을 향해 손을 뻗고 있는 모습이 보였다. 그러거나 말거나 문은 닫혔고 뚱한 표정의 아야가 내게 다가오며 말했다.

"왜 여기 있는 거야, 이 연락 두절아. 잠깐 이 닦으러 간 사 이에 도망치면 난 어떻게 하라고?"

"뭐가 연락 두절이냐. 잠깐 바람 좀 쐬러 나온 건데."

"연인이면 그럴 때 말을 하고 나가야 하는 거 몰라, 이 무책 임아?"

나는 잠시 '우리 헤어져.' 라고 선수를 쳐야 하는 게 아닐까,

라는 생각이 들었다.

"미안하다. 다음부터는 말할게."

"키히힝~. 알면 됐어."

아야는 기분이 풀어졌는지 환하게 웃으며 내 옆에 앉았다. 그러고서는 손을 슬금슬금 내 쪽으로 움직였다. 또 깍지를 낄 생각인가. 그건 좀 봐줬으면 하는데. 타인하고 깍지를 껴 본 경험이 있다면 알겠지만, 이게 은근히 불편하다. 연인이고 나발이고 불편한 건 불편한 거야. 다만 좋아하는 사람이니까 그런 걸 참는 거지.

그래서 나는 먼저 선수를 치기로 했다.

"키이잉?"

아야가 놀랐지만 내가 이상한 짓을 한 건 아니다. 그저 평소보다 조금 커진 아야의 꼬리를 한 손으로 잡은 것뿐이니까. 풍성한 털 속에 숨겨져 있는 말랑말랑한 꼬리를 만지는 건 참 즐겁다. 랑이와 냥이 같은 꼬리가 아닌 바둑이나 아야 같은 꼬리는 털 속에 숨겨져 있는 느낌이 강해서 만지는 기분이 조금 다르다.

예를 들자면 어른스러운 누님들이 면적이 적은 옷을 입고서 살짝살짝 속살을 내보이는 것과 태어났을 때와 같은 차림으로 자신의 아름다움을 뽐내는 것의 차이와 같다는 걸까.

이상한 소리를 했군.

"바, 바보야! 여기서 왜 꼬리를 잡는 거야?!"

아야는 제대로 된 이유만 말해 주면 수긍할 정도의 불만을 표출했다. 후후후, 나도 그동안 헛되이 시간을 낭비하며 지낸 게 아니니까. 어떻게 하면 기분이 좋게 머리나 꼬리를 쓰다듬어 줄 수 있는지 경험을 통해 배웠다고.

"아야의 꼬리를 쓰다듬으면 너무 기분 좋거든."

내 칭찬에 아야가 킹킹거리며 코웃음을 쳤다.

"당연한 말 하지 마, 이 고맙아. 그리고 전부터 말했잖아. 내 꼬리털은 아빠도 좋아했었다고."

그랬었지. 그런 꼬리를 칭찬받았다는 게 기쁜지 귀를 쫑긋쫑긋하면서 신경 안 쓰는 척하면서도 내 눈치를 살살 살핀다. 내가 더 칭찬해 줬으면 좋겠다는 눈치다.

그리고 이럴 때야말로 내 장난기가 폭발하지. 나는 먼 하늘을 바라보며 혼잣말처럼 말했다.

"여우 목도리 하나 있으면 좋겠네……."

"키이이잉?!"

아야의 털이 바로 곤두서며 화끈해졌다.

"응? 왜 그래?"

"왜 그러냐니?! 지금 이상한 말 했잖아, 이 바람둥이야!"

내가 생각한 반응하고는 동떨어진 모습이라 당황해 버리고 말았다.

"뭐가?"

"오늘은 나, 나, 나라는 여우 목도리가 있는데! 무슨 소리야?!"

……아, 그렇게 받아들였냐. 그 놀라운 상상력에 나는 웃음

이 터져 나왔다. 그게 아야가 보기에는 마음에 안 들었나 보다.

"왜, 왜 웃어, 이 어리둥절아?! 키이이잉~! 지금 웃을 때가 아니잖아!"

"아니, 아니. 난 그냥 여우 목도리가 하나 있으면 겨울에 따뜻할 거라고 생각했거든."

예전에 나래가 선물해 준 목도리가 있긴 하지만 많이 낡아서 슬슬 바꿔야 할 때가 됐다고 생각은 했으니까.

"키이잉?"

내 말을 들은 아야의 볼이 붉어졌다.

"그런데 여우 목도리를 여자 친구로 받아들일 줄은 몰랐어. 우리 아야, 의외로 독점욕이 많네."

슬쩍 놀리듯 말하자 아야가 키이이잉! 소리를 내고는 두 주먹을 쥐고서 내 가슴을 투닥투닥하기 시작했다.

"놀리지 마, 이 바보야! 진짜! 그렇게 생각하는 게 당연한 거지!"

아야의 주먹이 평소보다 매웠지만 그동안 길러진 맷집 때문에 참을 만하다.

"그래, 그래. 미안하다."

나는 아야의 두 팔을 잡고서 꼬옥 끌어안아 주었다. 아픈 건 싫으니까.

"키이잉……."

품속에서 아직 불만 섞인 울음소리를 내는 아야의 긴 머리카락을 쓰다듬어 주며 나는 말했다.

"오늘 즐거웠어?"

지리산의 밤은 빨리 찾아온다. 무엇보다 아이들이 많은 우리 집에서는 오후 10시면 모두 꿈나라로 떠나기 때문에 저녁을 먹고 나면 슬슬 하루를 정리해야 할 시간이 찾아오지. 그래서 물어본 내 말에.

"모자라."

아야는 고개를 흔들었다.

"왜?"

"연인으로 대해 달라고 했어도 나를 대하는 태도가 별로 달라지지 않았으니까."

"나름 노력했는데 말이다."

"……어디가? 평소보다 스킨십도 안 해 줬으면서."

"그야 내가 원래 그런 성격이라서 그래."

아마 우리 집에 있는 사람과 요괴와 귀신을 통틀어서 부끄러움은 내가 가장 많을걸?

그런데 왜 그렇게 못 미덥다는 표정을 짓고 있냐. 나는 내 말에 타당성을 확보하기 위해 말을 덧붙였다.

"나래한테 하는 거 보면 알잖아."

아야는 잠시 생각에 잠겼다가 말했다.

"그건 맞는 게 무서워서 그런 거잖아, 이 변태야."

그런 이유도 있긴 하지.

"사귀는 사이도 아니고, 이 김칫국아."

아야가 아빠의 가슴에 비수를 꽂았다. 하지만 괜찮아. 버틸 수 있다.

버틸 수는 있는데…… 그래도 꽤나 심대한 타격을 입었기에 나는 말을 삼가야 했고, 잠시 적막이 주위를 가득 채웠다.

그리고 아야가 내 가슴을 움켜쥐며 말했다.

"성훈은, 내가 여자로 안 보여?"

"응?"

"내가 어른의 모습으로 옆에 있어도, 가슴이 두근거리거나 설레지 않았잖아."

오늘 하루 종일 성인의 모습으로 있었던 아야. 하지만 나는 아야의 말대로 그런 기분은 거의 들지 않았다.

"나는 딸밖에 안 되는 거야?"

잔머리가 재빨리 돌아가며 이 상황을 벗어날 많은 방법을 가르쳐 줬지만 그것들은 아야의 자주색 눈동자가 물기에 젖어드는 것을 본 순간 모두 사라져 버렸다.

"응."

그래서 나는 진심을 말했다.

"지금은 그래."

"……."

아야가 주르륵 눈물을 흘리면서도 아무 말 없이 나를 노려보았다.

"희망 고문 하려는 거야, 이 나쁜 남자야?"

"……어떻게 하면 그런 생각이 드는지 모르겠는데."

"나중에는 어떻게 될지 모른다는 거잖아, 이 한심아!"

나는 생각해 보았다.

아야의 말이 맞았다.

"그러네. 하지만 생각해 봐, 아야야."

"안 들을 거야!"

아야가 눈을 질끈 감고 몸을 웅크리고서는 자신의 귀를 접어 버렸다. 대화의 단절은 내게 있어 좋지 않은 기억을 되살리게 만든다. 그래서 나는 아야의 옆구리를 손가락으로 꾸욱 찔렀다.

"키이잉?!"

내가 이런 짓을 할 거라고는 상상도 못 했는지 아야가 화들짝 놀라며 나를 노려보았다.

"뭐 하는 거얏!"

"소통의 단절은 문제를 일으킨다는 말 모르냐."

아야가 빽 하고 소리쳤다.

"아빠하고 할 말은 이제 없는걸!"

⋯⋯사춘기 딸내미냐. 내 나이 열일곱. 벌써 이런 일을 겪을 나이는 아닌데 말이야.

"나는 있다."

"나는 없어!"

"그러면 나만 말하면 되겠네."

"안 들을 거다, 뭐!"

아야가 다시 두 손으로 귀를 막기에 이번에는 가슴을 찔렀다. 뭉클~하고 손가락에서 느껴지는 기분이 꽤나 좋다는 생각과 동시에 아야의 꼬리에서 불길이 솟구쳤다.

"끼야앙!"

……꽤나 격한 불길이라 우리 집도 아야네 집처럼 될까 걱정했지만 당연히 그런 불상사는 일어나지 않았다.

"뭐, 뭐하는 거야, 이 에로에로야!! 지금 이런 장난 칠 기분이 들어?!"

남자는 시도 때도 없이 에로에로한 짓을 하고 싶은 동물입니다.

"응."

그래서 그대로 말했다. 아야의 여우불이 내 주위를 춤추기 시작했다. 불타 죽는 것은 꽤나 고통스러운 일이라고 들었기에 나는 살기 위해 노력하기로 했다.

"아야야."

아야는 답이 없었다.

"일단 생각해 봐. 나는 너를 내 딸로 여기기로 결심하고 받아들였어. 너에 대한 책임을 지기 위해서 말이야. 그건 너도 알고 있지?"

아야가 고개를 휙 돌리며 퉁명스럽게 말했다.

"몰라."

알고 있다는 거죠.

"난 알고 있을 거라고 생각하고 있어. 그래서 지금은 너를 여자로 보기에는…… 조금 그래. 아직 난 그 책임을 모두 지지 못했다고 생각하니까."

아야가 다시금 내 쪽으로 고개를 돌렸다. 눈매가 좀 무섭다.

"난 이제 건강해. 내 요력도 감당할 수 있어. 성훈이 책임질 수 있는 건 다 컸잖아?!"

"하지만 아직 아이의 모습으로 있는 걸 좋아하잖아."

"키이잉?!"

아야는 허를 찔린 듯 보였다. 하지만 이내 재빠르게 말을 이었다.

"그, 그건 네가 어린아이를 좋아……."

"머리 좋은 아야는 이미 알고 있을 거라고 생각하는데."

나는 아야의 머리를 쓰다듬으며 말했다.

"내가 로리콘이 아니라는 거."

……순간, 설득력 없는 이야기를 하고 있다는 생각이 들었지만 생각의 저편으로 치워 버렸다.

"그래서 오늘은 어른의 모습으로 계속 있었던 거 아니야?"

"키이잉……."

아야는 낮게 울었다.

"아야가 어떻게 생각하는지는 몰라. 하지만 나는 아야가 아직 아버지에게 받아야 하는 사랑을, 관심을 아직 충분히 못 받았다고 생각하고 있어. 그래서 아이의 모습으로 있는 게 아닐까 하고 생각하고 있고."

"하지만, 하지만! 어른의 모습으로 있을 때도 있는걸!"

"일부러, 맞지?"

"끼이잉……."

아야가 꼬리를 추욱 내렸다. 내가 아무리 바보라고 하지만 그런 걸 모를 것 같았냐. 부모가 자식의 거짓말을 못 알아챈 다면, 그건 애정과 관심의 문제라고.

"그렇다고 계속 어른 모습으로 지내지는 말고. 일부러 그러면 다 알 수 있으니까."

"……어떻게?"

"보면 알아."

그게 부모다.

"어쨌든."

나는 숨을 골랐다.

"그래서 시간이 필요한 거야. 너나, 나나. 그러니까 너무 조급하게 굴지 마라."

나는 아야의 어깨에 팔을 둘러 내 쪽으로 끌어당긴 다음 머리에 볼을 비볐다. 아야가 훌쩍거리며 내 몸을 끌어안는다.

"……기다려 줄 거지?"

"그래."

"진짜지?"

"응."

나는 안도의 한숨을 내쉬려다가.

"그 전에 그 밥보하고 결혼하면 죽여 버릴 거니까."

숨을 멈춰야 했다.

음.

그렇다. 이럴 때는 말을 돌리는 게 최우선이다. 하지만 아야는 다른 아이들과 달리 머리가 좋기 때문에 최대한 자연스럽게 말을 돌려야지!

"냥이도 있는데 그렇게 되겠냐."

"……"

"아, 그런데 말이야. 아야는 냥이가 우리 집에 머무르는 거 어떻게 생각해?"

자연스러웠지? 티 안 났지? 괜찮았지?

"……말 돌리는 거 티 다 나, 이 어색아."

아야가 나를 팍 밀었다. 들켰구나.

무시무시한 눈으로 나를 노려보며 아야가 손톱을 길게 내뽑으며 과거, 여름에 정기 편성되었던 공포 단막극을 찍기 시작했다.

"아빠."

"응?"

"내 허락 안 받고 결혼하면, 딸 입장에서 절대로 반대하고 난리 칠 거야. 그렇게 알아 둬."

눈이 진심이기에 나는 고개를 끄덕일 수밖에 없었다. 그제야 아야는 손톱을 다시 들이밀고는 내게 말했다.

"그리고 흑호님에 대한 이야기인데. 별 상관없어. 덕분에 아빠하고 만나게 됐고 난 별 피해 본 것도 없으니까."

내가 목표로 한 것에 대한 이야기를 들었음에도 그다지 관심이 가지 않는 것은…….

내가 딸을 너무 아빠 바보로 키워 버렸다는 자괴심 때문일

지도 모르겠다. 이걸 어쩌나 고민하고 있을 때.

아야가 목걸이를 꺼내 목에 차 어린아이의 모습으로 돌아왔다. 왜 아이가 됐나 궁금해서 보고 있자니 아야가 말했다.

"키히힝~. 그러고 보니 딸이라는 입장도 잘 생각해 보니까 꽤 쓸 만한 것 같아서."

우리 아야가 귀여운 작은 악마가 되어 버렸어요. 어째서? 난 단지 아야의 불만을 풀어 주고 싶었을 뿐인데.

"앞으로도 잘 부탁해, 아빠. 키히힝~."

하지만 귀엽게 웃는 모습을 보니 아무래도 상관없다는 생각이 들었다.

"그래, 사랑하는 우리 딸."

# 토 요 일 의 이 야 기

토요일.

사실 생각해 보면 세희의 불만은 이미 해소한 것이나 다름이 없다. 조금 소란을 겪긴 했지만 일단 냥이를 데리고 와서 세희의 부담을 덜어 주었으니까. 덕분에 지금은 오전 일과가 끝나면 게임을 하거나 애니메이션을 보거나 음악 감상을 하거나 책을 읽거나 인터넷 웹 서핑을 하거나 바둑이와 놀아 주거나 하는 세희를 종종 볼 수가 있다.

……이렇게 말하니까 우리 집에서 가장 자신의 인생을 즐기고 있는 게 세희가 아닐까 하는 생각이 드네.

뭐, 그렇지만 일단 세희는 우리 집의 중요한 구성원 중 하나. 그렇기에 지난 한 달간 고생한 거에 대한 자그마한 보답이라도 해 주고 싶어서 세희도 포함했다. 그래서 평소에는 가지 않는 세희의 방에 내 발로 기어 들어가게 되었지만.

"……뭐 하냐."

웅장하면서도 스산한 노래를 틀어 놓고, 고전 RPG의 마왕 같이 두 개의 뿔을 머리에 달고서 등 뒤에 박쥐 날개를 펄럭이며 검은 왕좌에 앉아 와인 잔을 흔드는 녀석을 보고 있자니 생각이 변하려고 한다.

"주인님 입장에서는 제가 최종 보스 아니겠습니까."

"약속 취소할 수 있냐."

"남자가 한 입으로 두말하기입니까."

"베드로도 예수를 판 이 마당에 나라고 못할쏘냐."

"잡혀가고 싶어서 안달이 나셨군요."

"누가 날 잡아가겠느냐!"

**"뒤에서 나래 님이 주인님의 목을 치기 위해 준비 중이십니다."**

"히익?!"

나는 깜짝 놀라 뒤를 돌아보았다. 아무도 없었다. 십 년 감수했네.

"겁도 많으셔라."

세희가 비아냥거리는 소리에 울컥 화가 났다. 네가 내 입장이 돼 봐. 그동안 내가 저지른 짓이 있으니까 겁먹을 수밖에 없잖아.

"아시긴 하는군요."

"뭐, 어쨌든."

이러다가는 세희에게 계속 놀림당할 것이 눈에 보이기 때문에 나는 급히 화제를 돌렸다. 그 화제조차도 스스로 사자 목 구멍에 머리를 들이미는 꼴이긴 하지만 매도 먼저 맞는 게 낫 다는 말이 있잖아.

"What do you want."

세희가 쩍 벌어진 입을 부채로 가렸다.

"세상에, 주인님. 지금 간단한 이야기라고 일부러 영어로 말씀하셔서 자신이 아무것도 모르는 바보는 아니라는 것을 말씀시고 싶었던 겁니까."

"그냥 한번 말해 보고 싶었다!"

세희가 눈에 띄게 실망한 표정을 지었다.

"하긴, 주인님이시지요."

"……이제는 네가 날 무시해도 그러려니 할 수 있을 것 같 아."

"그렇게 말씀하시면서도 평소보다 눈에 힘이 들어가셨습니 다."

"무의식이라는 거지."

이야기가 새어 버렸다. 이 녀석하고 이야기를 하는 건 재미 있으면서 짜증 나는 데다가 화가 나지만 즐거운 바람에 이야 기가 삼천포로 빠지는 경우가 너무 많다니까.

"그래서 네가 나한테 바라는 건 뭔데."

내 말에 세희는 입꼬리를 슬쩍 올렸다.

"그때도 말씀드리지 않았습니까. 만약 제가 주인님께 바라 는 것이 있다면 제 손으로 쟁취할 것이라고요."

"네 방식은 내 심장에 좋지 않다고 말했잖아."

"그것이 제가 바라는 것입니다."

"악마냐?! 네 녀석은 날 신경 쇠약으로 죽일 생각이냐?! 신경성 위염에 걸려서 위산 과다로 속 쓰림을 겪으며 방구석을 긁는 모습을 보고 싶은 거냐고!"

"걱정하지 않으셔도 됩니다. 그럴 때는 만병통치약이 있으니까요."

"요술 중독자로 만들 생각이지?"

"수수께끼의 액체 X로도 치유 가능합니다."

참 오랜만에 듣는 단어다. 하지만 지금은 세희의 교묘한 화술에 넘어가서는 안 된다.

"즉, 나한테 부탁하고 싶은 게 없다?"

"잘 아시는군요, 주인님."

이상하다. 지금까지 내가 알아 온 세희는 절대로 이런 기회를 놓칠 녀석이 아니다. 즉, 그 말은…….

"무슨 일 있냐."

세희에게 여유가 없거나.

"아니면 무슨 일이 일어날 예정이냐."

뭔가 대형 사고가 터질 예정이라는 거지. 내 가설에 세희는 과장되게 어깨를 으쓱하며 말했다.

"조금이라도 주인님의 두 어깨에 실린 무거운 짐을 덜어 드리기 위해서 마음을 쓴 착한 창귀의 마음을 그런 식으로 곡해하시니, 주인님께서 바라시는 대로 행동할 수밖에 없겠군요."

······어라?

잘못 짚었나? 자신의 수읽기에 뭔가 문제가 있었는가에 대해 고민하고 있을 때. 세희가, 대마왕 코스프레 중, 다리를 바꿔 꼬며 말했다.

**"세계의 반을 주시지요."**

"그걸 네가 말하냐!"

"주인님께서 왕이시지 않습니까."

강성훈 17세. 클래스: 요괴의 왕.

"아니면 공주를 내놓으라고 하는 편이 좋겠습니까."

"······요즘에 RPG하냐?"

"에로 RPG를 하고 있습니다."

미성년자가 그런 게임을 해서는 안 되겠지만 세희는 저렇게 보여도 일단······.

"주인님."

날카로운 세희의 음성에 생각이 끊겼다.

"응?"

"여성의 나이에 대해 언급하는 것은 목숨을 내놓는 것과 마찬가지라는 것을 알아 두시기 바랍니다."

난 생각도 못 하겠군.

"아, 뭐, 미안. 어쨌든. 그래서 나한테 바라는 건 세상의 반을 내놓으라는 거냐?"

세희가 진심으로 놀란 것 같다.

"농담을 진담으로 받아들이실 정도로 분위기를 못 읽는 분이셨습니까?"

"농담이었냐."

진담인 줄 알았는데. 그러면 뭐, 어쩔 수 없이 랑이에게 부탁해서 하루 동안 세희에게 엉겨 붙으라고 말하려고 했거든. 왜냐고? 랑이야말로 내게 있어 세계의 반…….

일부러 닭살 돋는 소리 한번 해 봤다. 세희가 이런 내 생각을 읽고 있을 테니까. 내 예상대로 세희는 일부러 두 손을 기괴하게 꼬았다.

"손발이 오그라듭니다."

자업자득이다.

"그러면 빨리 내가 해 줬으면 하는 걸 말하라고."

세희가 뿔과 날개, 왕좌를 모두 사라지게 만들고 내 앞으로 다가왔다. 그 시선이 너무나 진지해서 긴장이 되었기에 나도 모르게 꿀꺽 침을 삼키고 말았다.

"진심으로 그것을 바라십니까?"

가까워, 가깝다고. 너무 가까이 달라붙는 거 아니냐?

코앞까지 얼굴을 들이민 세희의 입가에는 장난기 넘치는 미소가 걸려 있었고 두 눈은 초승달처럼 휘어져 있다. 날 놀릴 생각이 가득한 표정에, 하지만 그 안에 숨겨진 진심에.

나는 말했다.

"약속했잖아."

"정답이십니다, 주인님."

그렇게 세희는 내게 바라는 것을 말했다.

"그러면 주인님, 잠시 저와 단둘이 바깥나들이를 다녀오시지 않겠습니까."


그 결과.

"……아, 과거의 날 패고 싶다."

나는 흙바닥에 뻗어 버리고 말았다.

"과거의 자신이 현실의 자신에게 칼 들고 복수하러 오는 것이 인생입니다. 기억해 두시면 편합니다."

"……젠장."

몸이 죽을 것 같으니까 말이 험하게 나온다.

"이미 반인반선의 경지에 오르셨으면서도 이 정도 산행에 지친다는 것은 주인님께서 자신의 신체를 제대로 사용하지 못하고 계신다는 반증입니다."

"애초에 난 신선이 되려고 아무 노력도 안 했다고!"

"뭐, 그렇기는 합니다만."

지쳐 죽겠는 나와 달리 세희는 마치 낮잠을 자고 일어난 듯이 편안해 보인다.

"그래서 이렇게 스스로의 몸을 사용하는 법을 배우는 시간을 가지려는 것 아니겠습니까. ……이래야 만화판의 근육질 주인님이 2회차라는 설정을 짤 수도 있고요."

또, 또 이상한 소리를 한다. 하지만 따져 봤자 이상한 소리나 들을 걸 빤히 알기에 나는 넘어가기로 했다.

"그래서 어떻습니까. 두 달 전의 산행과 비교해 보시면."

세희의 말에 나는 허리를 일으켜 세운 뒤 말했다.

"어쩐지 눈에 익다 했더니 그 길이었냐."

그 길. 랑이를 처음 만나기 위해서 걸었던 산길을 말한다. 아까부터 세희의 뒤를 따라오면서 언젠가 와 본 것 같은 느낌이 들었는데 그런 이유일 줄은 몰랐다.

"그러면 지금 가는 곳은 랑이가 봉인되었던 그 동굴이야?"

"제 질문에 아직 답을 하시지 않았습니다."

새침하게 대답하는 세희에게 나는 이마의 땀을 훔치며 대답했다.

"아, 뭐, 옛날보다 나은 것 같다."

그때는 40분 만에 뻗어서 세희에게 SOS를 쳤었지. 하지만 지금은 한 시간 반 정도를 걸어 올라온 것 같은데 나름 체력도 남은 것 같고 숨도 그때만큼은 거칠지 않다. 나름 산전수전을 겪으면서 체력이 느는 걸까.

"단순히 걷는 속도를 조절한 것일 수도 있습니다."

생각하기 싫은 가능성이다.

"그럴 필요가 있냐."

"그때는 주인님이 꼴도 보기 싫어서 빨리 걸었으니까 이번에는 다를 수 있지 않습니까."

"정말, 너. 날 무지하게 싫어했구만."

세희가 미소를 지으며 말했다.

"왜 과거형이십니까?"

"……그러게 말이다."

웃챠! 나는 기합을 내며 완전히 일어섰다. 온몸이 피곤하다고 비명을 지르고 있긴 하지만 무시한다.

"계속 가자."

가을 햇빛을 막아 주는 나무 그늘에 감사를 하며 나는 먼저 출발한 세희의 뒤를 따라 산을 올랐다.


"도착했습니다."

세희가 걸음을 멈춘 곳은 내가 예상했던 랑이의 동굴이 아니었다. 아니, 그 전에. 랑이의 동굴까지 가려면 적어도 여섯 시간은 걸린다고 했었으니까 시간 상 맞지도 않지.

"……여긴 어디냐?"

지리산 속의 커다란 공터. 주위에는 온갖 나무와 풀이 무성한데 이곳만은 풀 한 포기 자라지 않고 있다. 마치, 생명이 자라나기를 거부한 듯이. 이곳만 꼭 다른 세상인 것 같은 느낌이 들어 위화감이 강하게 든다. 그 위화감에 나는 그 흙을 딛는 것조차 꺼려져 함부로 걸음을 뗄 수조차 없었다. 그 모습을 보고 세희는 묘한 미소를 지으며 공터에 들어갔다.

"제가 주인님께 바라는 것이 있는 곳입니다."

세희는 알 수 없는 소리를 하고, 내가 이 녀석 말을 이해할 수 있는 경우가 얼마나 있겠냐마는, 공터의 가운데에 서서는 숨을 깊게 들이마시고서.

"이곳이 바로, 제가 인간이었을 때의 잔재가 남아 있는 곳이니까요."

발을 들어 땅을 찍었다.

그 순간.

강력한 바람이 휘몰아치며 흙더미를 파헤치기 시작했다. 신기한 것은 그런 바람이 불고 있음에도 내게는 아무런 영향도 끼치지 않고 있다는 것이다.

마치, 저곳은 나와 다른 세계라는 듯이.

하지만 한 발자국이라도 공터에 딛는 순간 저 바람이 나를 갈기갈기 찢어 버리리라는 것을 감으로 알 수 있었다.

"야! 괜찮아?!"

세희의 형태조차 제대로 보이지 않을 정도로 강한 모래바람에 나는 얼굴을 가리며 뒤로 물러났다. 일단 여기서 기다리는 수밖에 없나.

바람이 그치기까지 걸린 시간이 얼마나 걸렸는지는 모르겠다. 하지만 바람이 멈춘 후에, 나는 그런 것은 아무래도 좋다는 생각이 들었다. 조금 전까지만 해도 평평한 공터인 그곳은 움푹 파여 있었고.

"설명도 없이 실례했습니다, 주인님. 이쪽이 극적인 연출을 바랄 수 있어서 말이죠."

그 가운데에는 꽤나 커다란 둥그스름한 묘와 거기에 비례할 크기의 비석이……. 그리고 그 비석 위에는 세희가 서 있었으니까.

"······야, 그런 짓 하면 천벌 받는다."

남의 비석 위에 서 있다니. 그건 아니지. 응. 아무리 그래도 그건 아니다.

신기하게 조금 전까지 들었던 위화감은 눈 녹듯 사라져 있기에 나는 바람에 의해 경사가 지어진 땅을 조심스럽게 내려와 세희 앞에 섰다.

"누구에게 천벌을 받는다는 겁니까."

비석은 내 키만 한 크기라서 자연스레 세희를 올려 봐야 했다. 아, 치마 속은 보이지 않는다.

"묘 주인?"

세희가 한숨을 쉬었다.

"왜."

"거기 비석에 뭐라고 적혀······ 죄송합니다."

보통 비석에는 한자로 글을 새겨 놓지요.

"이 묘는, 저의 것입니다."

"······에?"

그동안 겪었던 일로 웬만한 일에는 당황하지 않는 인간이 되어 버린 나도 이번에는 어쩔 수 없었다. 이게 세희의 묘라고? 꽤나 으리으리한데?

"······뭔가 다른 쪽으로 놀라고 계시는 것 같습니다, 주인님."

아, 그렇군.

"잠깐, 이상하잖아. 너 적어도 4, 5천 년 전에 죽지 않았나?

그런데 이런 묘지에 묻혔다고? 그때는 고인돌 시대 아니었
어?"

아니, 아니다. 이게 아니다.

"그래! 너 랑이한테 먹혔잖아! 그런데 어떻게 묘가 있을 수
있어?!"

이거였다.

그런데 왜 날 내려다보는 세희의 표정이 홈의 모양에 맞춰
블록 끼워 맞추는 장난감을 가지고서, 평범한 사람이 수십 분
동안 고민한 뒤 동그란 홈에 네모난 블록을 집어넣는 모습을
본 천재의 것과 닮았을까.

"하아……."

세희가 나보고 들으라는 듯 크게 한숨을 쉬고는 아래로 내
려왔다. 나는 살짝 발끈해서 말했다.

"뭐가? 충분히 이상하잖아?"

"뭐, 그렇기는 합니다. 역사 고증을 따지고 들어가면 그럴
수밖에 없지요. 하지만 주인님. 제가 몇 백 년마다 한 번씩 그
시대에 맞춰 제 묘를 관리했다는 생각을 할 수는 없으십니
까."

보통 거기까지 생각할 수 있는 사람이 얼마나 있겠어.

"또한. 비록 제 신체는 이미 주인님의 몸의 일부분이 되었
지만 인간으로서 살았을 때, 제게 의미 있던 것들을 모아 인
생을 정리하고자 묘를 만들었다는 가능성은 어떨는지요."

나는 솔직히 말했다.

"……네가?"

"……주인님께서 저를 어떻게 여기시는지 잘 알고 있습니다만, 과거의 저는 지금의 저와는 사뭇 달랐습니다."

아야와 있었던 일 도중 세희가 했던 말이 떠올랐다. 지금의 세희로서는 상상도 하지 못할 행동을 했었지.

그렇게 몇몇 의문들이 해소되고 나자 그제야 다른 의문이 들었다.

"……날 여기에 왜 데리고 온 거야?"

"이제야 제가 원했던 질문을 하시는군요."

"어쩔 수 없잖아. 따죽 걸 게 너무 많았다고."

"소심하시군요."

"섬세한 거다!"

"몇 년을 같이한 소꿉친구의 마음도 모르는 주인님께서 그런 말씀을 하시다니, 부끄럽지도 않으십니까."

남의 약점을 찌르는 데 선수지. 나는 그 일에 대해서는 변명을 할 건더기도 없기 때문에 말을 돌렸다.

"그보다 왜 여기 데려왔는지나 말해."

"섬세하신 주인님다운 말씀이십니다."

말 한 마디 잘못하면 이렇게 큰 고생을 하게 됩니다.

"그 섬세한 성격을 통해 제 마음을 짐작해 보시지요."

아주 날을 잡은 것 같다. 이렇게 되면 오기로라도 혼자 생각해야 되겠군. 이 녀석이 또 나를 시험하는 기분이 드니까.

내가 여기에 온 이유는 무엇일까. 내가 세희에게 바라는 것이 있다면 들어주겠다는 말을 했기 때문이다. 그렇다면 세희는 내게 왜 자신의 묘를 보여 준 것일까.

묘라는 것은 사람이 죽고 난 후, 그 시체를 묻는 곳. 하지만 세희의 시체는 이곳에 없다. 세희의 말에 따르면, 이곳에는 자신이 인간이었을 때 의미 있었던 것들이 묻혀 있다.

세희는 왜 그런 것들을 내게 말해 준 것일까. 그리고 내가 무엇을 눈치채 주었으면 하는 것일까. 세희가 나에게 바라는 것과 연관 지어 생각을 해 보면……

뭔가 이상한 결론이 나왔다.

세희가 비릿한 미소를 지으며 나를 보고 있는 것이 마음에 걸리지만, 그래도 나는 일단 말해 보기로 했다.

"성묘해 달라고?"

"성묘(成猫)가 성묘(成苗)를 뜯어 먹는 소리를 하고 계시는군요."

"농담도 못 하냐."

"농담할 분위기입니까."

"그러네."

그래도 이런 걸 대 놓고 말하기는 부끄럽다고. 만약에 내가 낸 결론이 정답이 아니면……. 부끄러워서 산 속을 뛰어 내려가야 할 거다. 자의식 과잉이라고 생각하면서. 하지만 세희가 나에게 바라는 이상, 할 수밖에 없다.

오늘은 세희를 위한 날이니까.

"내가 너에 대해 알아주기를 바라는 거냐?"

내가 누구보다 먼저 만난 인외의 존재가 세희다. 하지만 지금까지 내가 세희에 대해 알게 된 것이라고는, 랑이의 창귀라는 사실밖에 없다.

세희는 자신에 대한 이야기를 한 적이 없다. 있다고 한들 단락적인 것들뿐. 어떤 삶을 살았으며 어째서 랑이에게 잡아먹히게 되었는지 나는 모른다.

즉, 나는 세희의 현재에 대해서는 알지만 과거에 대해서 아는 것이 없다는 말이다. 궁금하지 않았다면 거짓말이다. 하지만 세희는 그런 이야기를 꺼리는 듯했고 나 역시 파고들지 않았다. 언젠가 때가 되면 가르쳐 줄 거라고 생각하면서.

그리고 난 지금이 그때라 생각했고, 세희는 박수를 쳤다.

"훌륭한 자의식 과잉이십니다, 주인님. 뭡니까, 그건. 제가 주인님에게 사랑에 빠진 소녀이기라도 합니까?"

나는 바로 뒤로 돌아 전력으로 달렸다.

잡혀 왔습니다.

"농담도 못 합니까."

"농담할 분위기였냐!"

덕분에 얼굴이 새빨개질 정도로 부끄러웠다고! 내 인생의 흑역사가 하나 더 생기는 줄 알았어!

"너무 확신에 찬 목소리라서 한번 골려 드리고 싶어졌습니다."

"다른 때는 상관없는데 지금 같은 경우에는 하지 마. 진지하게 트라우마 걸릴 수준이다."

"고려하겠습니다."

내게는 이런 상황에서 농담을 하는 경우를 늘리겠다, 라고 들린다.

"그냥 농담을 하지 마."

"그럴 경우에는 분위기가 무거워지는데, 그래도 괜찮으시 겠습니까."

……이 녀석은 중의적인 표현을 너무 잘해서 문제라니까.

"도대체 무슨 이야기를 하려고 그래?"

"그저, 저의 과거에 대한 이야기 중 하나입니다."

세희가 공손히 두 손을 앞으로 모으며 말을 이었다.

"주인님께서 요괴의 왕이 되셨으니, 자신이 다스리는 가솔 에 대해서 기본적인 것들은 아셔야 하지 않겠습니까."

"너, 지금 분위기가 나한테 방정식을 가르쳐 주면서 사칙 연산하고 별다를 게 없다고 말했던 수학 선생님하고 닮았는 데."

"실제로 다를 게 없지 않습니까."

이래서 머리 좋은 것들은. 난 거기서 수학을 포기하는 자가 되어 버렸다고.

"정말 기본적인 거냐?"

"그렇습니다."

또다. 또, 이 느낌이다. 잘못 건드리면 수풀 속에서 아나콘 다가 기어 나와서 나를 잡아 삼켜 먹을 것 같은 느낌. 전에 세 희가 어린아이가 되었을 때도 이런 느낌이 들었다. 지금의 내가 이 녀석의 옛날이야기를 들으면 제대로 받아들이지 못하고, 그 이야기에 휘말려 버릴 것 같은 느낌이 든다.

그래서 나는 물어보았다.

"지금까지 그 이야기, 누구한테 해 본 적 있냐?"

"단 한 분도 없습니다."

의외였다.

"랑이한테도?"

세희가 입꼬리를 슬쩍 올리며 말했다.

"안주인님께는 말씀드릴 필요가 없었죠."

아, 그런가. 알고 있는 사실을 말할 이유는 없겠지. 나는 고개를 끄덕였다.

"이야기해 줘."

"알겠습니다."

세희는 이야기를 시작했다.

# "저는 인간의 왕이었습니다."
# "뭐어어어어어어어어?!"

시작부터 클라이맥스다! 아무리 나라고 해도 당황하지 않을 수가 없었다! 이게 무슨 소리야?!

"뭘 그렇게 놀라십니까. 설마 눈치 못 채신 겁니까?"

의아해하는 세희에게 하고 싶은 말은 많이 있었지만 입 밖으로 나온 것은 이것이었다.

"알겠냐?!"

"단서는 이미 많았다고 생각하는데 말이죠."

"단서? 무슨 단서? 네가 인간의 왕이었다는 걸 짐작할 만한 단서가……. 잠깐."

뭔가 떠오르는 것이 있다. 미약한 실 줄기를 잡고서 그것을 계속 잡아당긴다. 그러자 세희가 말한 '단서'가 무엇인지 알 수 있었다.

첫 번째, 가희가 세희에게 종종 하는 고귀하신 분이라는 말. 나는 단순히 가희가 자신이 천민이었기 때문에 세희에게 고귀하다는 말을 한 줄 알았지만, 생각해 보면 그런 말은 세희에게밖에 하지 않았었다.

두 번째, 랑이를 설득할 때 있었던 일. 그때 내가 기린의 시험을 통과하지 않아도 된다는 이야기를 할 때, 분명 세희는 자신이 과거에 어떤 인간이었는지 기억하고 있냐고 물었다. 그리고 랑이는 상당히 시원스럽게 세희의 설득을 받아들였지.

다른 것도 아닌 왕으로서 인정받는 시험에 대한 이야기를 할 때 말이다.

그리고 세 번째. 기린이 세희를 대하는 태도. 자세히 말은 못하겠지만, 그때 세희와 기린이 나눈 대화를, 만약 세희가 왕이었다고 가정 하에 두고 생각해 보면 전혀 느낌이 달라진다.

"생각이 정리되셨습니까."

그리고 마지막. 이 녀석이 지금 나에게 거짓말을 할 이유가 없다.

"지, 지, 진짜냐?"

세희가 인간의 왕이었다고?

"그렇습니다. 인간이었을 때의 이야기지만요."

지금 제 심정이 어떠냐고요?

"어버버버버버……."

"……뭘 그렇게 놀라십니까."

"안 놀라게 생겼냐?!"

확실히 세희가 인간이었을 때도 평범한 삶을 살지는 않았을 거라고 생각했지만, 그래도 인간의 왕이었다니! 내 상상을 뛰어넘잖아!

"아니, 잠깐."

그 말을 듣는 순간 지금까지 간과하고 있었던 것을 깨달았다. 설마. 아니겠……. 아니다. 세희라면 충분히 그럴 가능성도 있다. 지금 자신의 이야기를 꺼낸 것은, 내게 그것을 생각하라고 돌려 말한 것이지 않을까. 인간들과 교섭을 하기로 한 내가 간과해서는 안 되는 것을 간과하고 있다고 충고하는 게 아닐까.

"그렇다는 건……. 지금 인간의 왕은 누구냐."

그 질문에 세희는 알 수 없는 미소로 답했다.

"그보다 지금은 제 정체에 대해 물어보셔야 하는 것 아닙니까?"

해가 저물어 간다. 세희의 그림자가 나를 향해 기울어져 있다. 그 그림자가 햇빛의 온기를 빼앗아 가서 그럴까, 몸이 서늘해진다. 오늘만큼 세희가 낯설게 느껴진 적이 전에 있었을까.

세희가 무슨 말을 하고 싶은지, 나는 본능적으로 알 수 있었다.

인간의 왕이 안주인님에게 잡아먹힌 이유를. 그 목적을. 물어보지 않으셔도 되겠습니까?

나는 랑이가 아니다. 랑이처럼 절대적으로 세희를 신뢰할수 있는 사람이 아니다. 그렇기에 가끔 의뭉스럽게 느껴지는세희의 언행이 있다. 나는 그것들을 모두 일부러 무시하고 내게 좋은 쪽으로 생각해 온 경향이 있다.

하지만 그것이 실수가 아니었을까.

알다시피 세희는 머리가 좋다. 나는 상상도 할 수 없는 생각을 태연하게 해 버리고, 그를 기초로 일을 꾸민다. 내가 아무렇지 않게 넘어갔던 말과 행동이, 사실은 내가 알 수 없는 계획의 토양이 된 것은 아닐까.

…………라고, 생각하도록 한 말이겠지.

"아니, 뭐. 묻고 싶기는 한데."

나는 태연하게 웃으며 말했다.

"그건 천천히 알아가도 되잖아? 하루 이틀 알고 지낼 사이도 아니고."

세희의 입가에 짙은 미소가 걸렸다.

"지금은 내가 생각도 못 한 현재의 '인간의 왕'에 대해 들어야 할 것 같아서. 일단 급한 불부터 끄자는 거지."

"저를 신뢰하시는 겁니까."

나는 슬쩍 세희의 그림자에서 벗어나며 말했다.

"미쳤냐."

"……."

나는 퉁명스럽게 말했다.

"네가 뭘 해 봤자 랑이의 행복을 추구한다는 거에서 벗어나지 않을 거라는 걸 아니까 묻지 않는 거지."

"주인님."

세희가 한숨을 쉬고,

"그런 걸 신뢰한다고 말하는 겁니다."

부끄러워서 꺼내지 않은 말을 미소를 지으며 입에 담았다.

나는 세희의 부드러운 시선을 마주하지 않으며 말했다.

"네가 날 시험하는 게 하루 이틀도 아니긴 한데, 이제 그만할 때가 되지 않았냐?"

**무슨 연인이 사랑을 확인하고 싶어서 떠보는 것도 아니고 말이야.**

"자식의 성장을 확인하고 싶은 건 모든 부모의 공통점입니다.”

이런, 몰랐다.

우리 아버지가 자기 여동생과 바람을 피웠다니. 이 사실을 어머니에게 전해 드리면 적어도 아버지가 시청 광장에 알몸으로 묶이겠지.

“……끔찍한 생각을 하고 계시는 것 같군요.”

“덕분에.”

세희가 내 인생에 간섭한 걸 아무렇지 않게 생각하니까 할 수 있는 농담이지.

“그래서 인간의 왕은 누군데? 설마 해외여행 중이신 할아버지라든가, 우리 아버지라든가, 어머니는 아니겠지.”

장난삼아 던진 말에 세희가 답했다.

“어떻게 아셨습니까?”

내가 세희를 알아 온 지도 꽤나 시간이 많이 지난 것 같다.

“농담하지 말고.”

“조금은 당황해 주셨으면 합니다.”

“아까 충분히 했다.”

이 녀석이 전직 인간의 왕이었을 줄은 상상도 하지 못했다고. 그런 단편적인 사실들을 엮어서 ‘세희가 인간의 왕일 가능성이 있습니다!’ 라고 짐작할 수 있는 사람이 있다면 한번 보고 싶다.

“그러면 더욱 놀라실 사실을 말씀드리겠습니다.”

세희가 말했다.

"인간의 왕은 공석으로 남아 있습니다."

"······에?"

의외······인데? 인간이란 기본적으로 남의 위에 서고 싶어 하는 생물이다. 그런데 지금까지 왕이라는 자리가 공석이라고? 공석으로 내버려 두었다는 게 이해가 안 되는데?

"······왜 그렇게 의아해하십니까."

"상상도 못 했으니까."

세희가 눈살을 찌푸렸다.

"전에 그 가슴만 큰 여자가 나래 님에게 신내림을 했을 때, 눈치채셨을 줄 알았는데······. 아직 멀었군요."

······아! 그렇다. 랑이를 설득하러 가기 전, 웅녀는 내게 말했다.

'네가 인간의 왕이 되렴.'

그 말은 은연중에 현재 인간의 왕이 없다는 뉘앙스를 풍기고 있었어. 하지만 그거 가지고 평범한 사람이 알 수 있겠냐! 너희들이 너무 머리가 좋은 거야!

"······모를 수도 있지."

"언제까지 그따위로 사실 겁니까."

어디선가 하하하하하하하, 하는 웃음소리가 들리는 것 같기에 나는 고개를 흔들었다. 요즘에 환각과 환청에 너무 시달리는 기분이 든다니까.

"그래서, 왜 지금까지 없는데?"

"저 이후에 기린의 시험을 통과한 자가 없기 때문입니다."

전에 들었던 기린의 시험이 좀 괴악하긴 했다.

"너는 통과했잖아?"

"제가 좀 잘났습니다. 덕분에 **기린이 저를 기준으로 왕의 그릇을 측정하기 시작했지요.**"

과시하는 것이 아닌, 있는 사실을 담담하게 말하는 그 태도에 나는 할 말이 없었다. 하긴, 네가 좀 잘나긴 하지. 그래도 재수 없으니까 그런 말은 하지 않았으면 좋겠다.

"그런데 그렇게 왕의 자리가 공석으로 있어도 상관없냐?"

"덕분에 잡다한 조직들이 판을 치고 있긴 합니다만, 큰 문제는 일어나지 않습니다."

"흐음……."

나는 뭔가 위화감이 들었다. 그건 아마도 지난 두 달간, 세희에게 뼈를 깎는 고통을 통해 단련된 감이 제 할 일을 하고 있기 때문일 거다.

나는 의문점에 대해 세희에게 물어보았다.

"그러면 왜 지금 같은 상황에서 나한테 인간의 왕에 대한 이야기를 꺼낸 거야?"

"제 과거에 대한 이야기를 알려 드리고 저에 대해 알아주기 바라기 때문이라고 말씀드렸지 않았습니까."

그렇긴 하다.

하지만 세희는 중의적인 표현을 잘한다고 말했지? 한 마디의 말을 해도 그 안에 두 가지 뜻이 들어가는 경우가 너무 셀수 없이 많아서 예를 들 수조차 없다. 거기다 문제는, 이걸 모른 척하고 지나가도 당장은 큰 문제가 없다는 거다. 그리고 문제가 생기면 세희는 날 비웃으면서 해결할 방법을 슬쩍 알려 주지.

이번에도 그런 경우일 것이다.

"그것 말고 다른 의도도 있는 것 같은데."

"그렇게 생각하신다면 그럴 수도 있겠지요."

말해 줄 생각이 없는 것 같다. 그러면 생각해 볼 수밖에 없지. 나는 잠시 생각에……

"그보다 슬슬 내려가실 시간입니다."

잠길 수가 없었다.

"저녁 시간에 늦으면, 안주인님께서 울상이 되실 테니까요."

어쩔 수 없네. 랑이가 홀쭉해진 배를 두 손으로 움켜쥐고 꼬르륵꼬르륵 소리를 내며 나를 원망스럽게 올려다보면 죄악감에 시달릴 테니까.

"알았다."

나는 올라올 때보다 빠르게 산을 타고 내려갔다.


산을 타서 그럴까. 저녁을 배불리 먹고 나니 잠이 솔솔 찾아오려고 한다. 하지만 나는 벌써 잘 생각이 없다. 내 성격으로는 오늘 그 의문을 풀지 않으면 내일쯤에는 뭐, 상관없겠지~

같은 생각을 하면서 은근슬쩍 잊어버리고 말 테니까.

그래서 난 아야를 찾았다. 평소라면 나래에게 말했겠지만, 요즘 들어 나래의 태도가 이상한 것 같아서 조금 꺼려졌거든.

부, 부담 주기 싫은 것뿐이다. 무서운 거 아니야.

아야는 자기 방에서 하얀 바탕에 귀여운 여우 그림이 그려진 파자마를 입고 이불 위에서 뒹굴고 있다가 고개를 문 쪽으로 돌렸다. 나를 보자마자 환하게 미소 짓는 모습을 보니 마음이 따뜻해진다.

"키이잉? 무슨 일이야, 아빠?"

……그래도 이럴 때는 아빠라고 부르지 말았으면 좋겠다. 아빠로서의 자존심이 상한다고.

"조금 상담할 게 있어서."

획! 하고 아야가 벌떡 일어났다. 눈이 반짝반짝하면서 꼬리가 쉴 새 없이 좌우로 흔들리는 걸 보니까 어지간히 기쁜 모양이다.

"키히힝~. 뭔데, 바보 아빠야? 크흥~. 역시 아빠는 내가 없으면 안 된다니까? 키히히힝~."

새침하게 말하려고 열심히 노력하는 것 같지만 등 뒤로 흔들리는 꼬리와 밝아진 음색, 그리고 환한 미소 때문에 전혀 그런 느낌이 들지 않는다. 나는 이 귀여운 여우 아기의 앞에 앉았다. 아야가 내 쪽으로 바짝 몸을 들이민다.

……시선이 부담스러울 정도야.

"상담할 게 뭔지 빨리 말해, 이 태평아. 이제 곧 자야 하니까. 아니면 같이 자면서 이야기할래, 우리 자기야?"

속셈이 너무 빤히 보이지만 자기는 그렇게 생각하지 않는 것 같다. 나는 나를 사망의 길로 인도하려는 아야의 머리를 쓰다듬어 주는 것으로 같이 자는 걸 거부하고 입을 열었다.

"그게 말이다……."

나는 아야에게 오늘 있었던 세희와의 이야기를 들려주었다. 아야는 뭘 기대한 건지 처음에는 실망하는 기색을 보였지만, 이내 진지하게 내 이야기를 다 들어주었다. 지금은 꼬리를 앞으로 둘러 턱을 간질이며 눈을 살짝 내리깔고 아무 말도 하지 않는 것으로 보아 생각에 잠긴 듯하다. 조금 시간이 지나고서야 아야는 고개를 들어 나를 보았다. 그 표정에는 상대에 대한 깊은 동정심이 가득 차 있었다.

"끼이잉……. 아빠도 그 속 검은 귀신 때문에 참 고생이네."

아무리 그래도 첫 마디가 나를 안쓰럽게 여기는 말일 줄이야.

"하, 하하하……."

뭐라 할 말이 없기에 헛웃음을 흘릴 수밖에 없었다.

"바보인 아빠가 거기까지 생각할 수 있을 리가 없잖아, 그 구렁이. 사람에 맞춰서 말을 해 줘야 하는데."

아야가 나를 어떻게 생각하는지 알 수 있는 말이다. 그래도 나를 너무 무시하지 말라고 말하려고 할 때. 아야가 손을 들어 내 머리를 쓰다듬었다.

"키히힝~. 그래도 우리 아빠가 눈치는 좋다니까? 잘했어, 아빠."

부끄럽다. 옛날 같았으면 도망쳤을 수준의 수치 플레이야. 하지만 나는 그동안 많은 성장을 이루어 냈고, 그건 얼굴의 두께와도 관계가 있다.

"고맙다."

나는 먼저 아야가 나를 칭찬해 줬다는 것에 대한 감사의 의사를 표한 뒤,

"그래서 뭔지 알 것 같아?"

다시금 질문했다.

"키히힝~. 당연하지! 아빠는 바보여도 나는 똑똑한걸!"

평소라면 여기서 아야에게 달려들어서 그 바보 아빠의 무시무시한 물리력으로 자신이 얼마나 약한 존재가 될 수 있는지 가르쳐 주었을 테지만, 참는다.

……아, 오해하지 마. 그냥 간지럼 태운다는 말이니까.

"아마 그 귀신이 아빠한테 하고 싶었던 말은 이거일 거야."

아야가 말했다.

"인간의 왕이 생기면 아빠가 원하는 걸 지금보다 쉽게 이룰 수 있을 거라고."

내가 원하는 것. 인간과 요괴가 공존할 수 있는 세계를 말한다.

이번에는 내가 고민에 빠질 차례였다.

확실히 인간의 왕이 있다면 교섭을 하는 것도 쉬워지겠지. 하지만 말했듯이, 인간은 누군가의 위에 서고 싶어 한다. 다른 말로 하면, 자신의 위에 있는 사람을 아래로 끌어내리고

싫어 하는 생물이란 말이 된다. 그것도 지금과 같은 시대에 인간의 왕이 세워진다고 해서 세상이 그 말을 따를까? 그건 말도 안 될 것 같은데?

요괴들은 하늘이라는, 나는 알 수 없는 초월적인 믿음이 있었기 때문에 내가 요괴의 왕이 될 수 있었다. 하지만 인간에게 그런 게 있을까.

비슷한 거로 종교가 있을 수 있지만……. 그 종교조차 개인차가 있다. 그런데 인간의 왕이 생긴다고 해서 인간들이 그자의 말을 따를 리가 없잖아.

아니면 인간의 왕이라는 자리에 내가 모르는 뭔가가 있는 걸까.

그리고 그런 내 의문에 아야는 답했다.

"키잉? 지금까지 인간의 왕은 없었다고 했잖아? 그러면 아무리 똑똑한 나라고 해도 모를 수밖에 없어, 이 떠넘기기야. 뭔가 생각할 거리가 있어야지 대답을 해 주지."

갑자기 토사구팽이라는 사자성어가 떠올랐다. 그렇군. 지금 콧대를 높이 세우며 잘난 척하는 아야에게 그 단어를 몸으로 깨우쳐 줘야 할 것 같다.

후, 후후후. 나라는 인간도 참 사악하군. 이용 가치가 사라지니 바로 자신의 감정에 충실해질 수도 있고. 후후후후후.

"키이잉? 아, 아빠? 갑자기 왜 그래?"

아야가 자신의 운명을 눈치챘는지 탐스러운 꼬리털을 부풀리면서 슬쩍 뒤로 물러선다. 나는 그런 아야를 덮쳤다.

"키야아앙?! 가, 간지러, 끼히히히힝~!"

그렇게 하루가 지나갔다.

# 끝마치는 이야기

온몸을 타고 전해지는 흔들림과 귀가 눌리는 압박감. 지금까지 잠에서 억지로 깨어진 경우는 많지만 이런 경우는 처음이다. 보통은 눈부신 아침 햇살이나 랑이 때문에 깨는데, 오늘은 대체 무슨 경우지.

나는 눈을 뜨고 나서도 지금 상황을 잠시 이해할 수가 없었다. 분명 내 방에서 잠들었는데 눈에 보이는 건 익숙한 천장이 아닌 유리창 너머의…… 하늘이었다.

하늘? 내가 하늘에서 자고 있었나? 아니, 내가 요즘 인간에서 조금 멀어졌다고 해서 잠든 사이에 하늘을 날 정도는 아니다. 내가 무슨 미국의 유명한 슈퍼 히어로도 아니고 말이야.

[깼어?]

그런 내 귓가에 한 다리 건넌 듯한 나래의 목소리가 들려왔다. 고개를 돌려 보니 헬멧을 쓰고 있는 나래가 보였다. 바로 옆에 있는 나래의 목소리가 왜 그렇게 들리나 했더니…… 내가 지금 헬멧을 쓰고 있구나. 머리에서 느껴진 압박감은 이것 때문인가 보다.

점점 의문이 든다.

내가 왜, 눈을 뜨니 하늘이 보이고 머리에는 헬멧을 쓰고 있는가. 그리고 아까부터 들려오는 소음과 몸에서 느껴지는 진동. 이건…….

[정말, 이런 상황에서도 잘 자더라.]

나래의 핀잔에 정신이 완전히 들어 상황을 파악할 수 있었다.

지금 나는 헬기에 타고 있다.

"에에에에에엑?!"

[귀 아프니까 소리 지르지 마!]

아, 내 헬멧에도 마이크가 달려 있구나.

"미, 미안."

자고 일어났는데 헬기에 타고 있으면 당황해서 소리 지르는 게 당연하다고 생각하지만, 상대는 나래. 그동안 쌓인 노예근성은 어쩔 수 없는 거다.

"저기, 설명 좀 해 줘."

[보면 알잖아.]

그러니까, 나는 너나 세희가 아니라니까.

[오늘은 네가 내 부탁을 들어주는 날이니까.]

전혀 설명이 안 된다는 것을 눈빛으로 말하니 나래가 대답해 줬다.

[서울에 가려고 불렀어.]

헬기를?

헬기를.

잊었을지도 모르지만, 나래는 부잣집 따님이시다. 그래도 개인용 헬기를 가지고 있을 줄은 전혀 생각도 못 했는데.

아니, 그보다.

"오작교라든가 요술 써서 갔다 오면 되는 거 아니야?"

현대 과학 문명이 다다르지 못한 것을 요술은 이미 이루었다. 그런데 왜 이런 식으로 시간을 들이는 거지?

내 의문에 나래는 한숨을 쉬었다.

[……바보.]

그게 무슨 소리냐고 의문을 말하기 전에. 저 먼 곳에 오랜만에 보는 서울의 모습이 보였다.


헬기에서 내려 마중 나온 차를 타고 간 곳은 나래의 주 자택이었다. 응. 주 자택. 다시 말하면 별장 같은 집도 몇 개나 있다는 말이다. 이곳에 온 건 나도 몇 번 되지 않기에 조금 당황스럽다. 나래는 옛날에 있었던 일 때문에 자신의 집이 부자라는 것을 웬만한 이유가 없으면 전혀 티를 안 내려고 하니까. 서울 외곽에 있는 정원이 달린 3층 집에 들어간 나는 조심스럽게 주위를 둘러보았다. 누가 뭐라 해도 지금의 나는 자다 일어난 상황이라, 반바지에 티셔츠. 머리는 떡 져 있는 추레한 몰골이니까. 이런 꼴로 나래의 부모님을 만났다가는 민망

하고 부끄러워서 죽을지도 모른다.

"부모님은 안 계셔."

"그, 그래?"

다행이다.

그보다 슬슬 나를 왜 여기에 데리고 왔는지 물어봐야 하지 않을까. 지금까지는 나래가 절대로 말 걸지 말라는 분위기를 풍겨서 아무 말도 못 했거든. 지금은 집에 와서 그런지 그런 느낌이 많이 사라져 있다. 그래서 나는 용기를…….

"준호 아저씨. 있어요?"

내가 용기를 내기도 전에 나래가 누군가를 불렀다. 그러자 2층과 이어져 있는 계단에서 50대 초로의 양복을 말끔하게 차려입은 아저씨가 내려왔다. 반백의 머리카락을 깔끔하게 뒤로 넘기고 반 뿔테 안경을 쓴, 나도 저렇게 늙고 싶다는 생각이 들 정도로 멋있는 분이셨다. 날씬하면서도 곧추세워진 허리 때문일까. 분위기도 상당히 강건해 보이고. 준호라고 불린 아저씨가 나래 앞에 서서 살짝 허리를 숙이며 인사했다.

"오랜만에 뵙습니다, 나래 아가씨."

"그러게요."

나래를 바라보는 준호 아저씨의 눈빛은 상당히 부드러웠다. 마치, 친딸을 바라보는 아버지 같다고 할까. 나도 아야를 볼 때 저런 눈빛일까.

"그보다 이분이……. 그분이십니까."

"예."

그분이라니? 무슨 의미지? 궁금해하고 있자니 준호 아저씨
가 내게도 나래와 같이 인사를 하며 말했다.

"처음 뵙겠습니다, 강성훈 님. 유명인을 직접 만나 뵈어 영
광입니다. 저는 박준호라고 합니다. 서 씨 가문의 가사 도우
미 역을 맡고 있습니다."

가사 도우미. 음. 내가 알고 있는 가사 도우미는 가정부였는
데, 어느새 이미지가 많이 변했나 보다.

"그러면 아저씨. 성훈이 좀 씻겨 주시고 옷 좀 골라 주세요.
오늘 같이 데이트할 예정이니까요."

"알겠습니다."

내가 잠시 정신이 팔린 사이에 이상한 이야기가 오고 갔다.

"에, 저기, 나래야?"

물론 이런 몰골을 남에게 보여 주기 싫으니 빨리 씻고 싶긴
하지만……. 내가 랑이도 아니고 씻겨 주라니? 그리고 옷을
골라 줘? 거기다 데이트?

이 모든 의문을 담은 내 눈빛을 나래는 말 한 마디로 답해
주었다.

"오늘이 무슨 날?"

"일요일이죠."

"알면서 그러는 거지?"

"……예."

아아, 고개 숙인 남자여.

"그럼 잘 부탁해요, 아저씨."

"이쪽입니다, 성훈 님."

그렇게 나는 준호 아저씨에게 이끌려 목욕탕으로 끌려갔다.

그 안에서 일어난 일에 대한 자세한 설명은 생략한다.

간략하게 말하자면, 준호 아저씨는 옷을 입으면 말라 보이는 체형이었다는 것과, 오랜만에 때를 미니까 기분이 좋았다는 것. 그리고 남이 씻겨 주는 건 의외로 기분이 좋으면서도 부끄러웠다는 것. 그리고 어른 남자는 멋지다, 라는 것이었다.

목욕을 마치고 준호 아저씨는 나를 욕실과 연결되어 있는 옷 방으로 데려갔다. ……의상룸이라고 말하는 편이 더 귀티나 보일까. 어쨌든. 거기에는 아버님이 입기에는 나이에 맞지 않아 보이는 캐주얼한 남성복이 가득 차 있었다. 거기다 나한테 맞추기라도 했는지 뭘 입어도 맵시가 사는 게 신기하다.

수많은 옷들 중, 결국 준호 아저씨가 골라 주신 건 조금 짙은 색의 청바지와 부담스러울 정도로 몸에 딱 맞는 남색 계열의 셔츠, 그리고 카디건이었다.

솔직히 말하면, 매일 티셔츠만 입고 다니는 내 입장에서는 상당히 부담스러운 패션이다. 지금이라도 세희를 부른 다음에 이 옷을 획획 벗어 던지고 평소에 입는 옷을 달라고 하고 싶을 정도다.

"나래 아가씨께서 좋아하시겠군요."

하지만 포기할 수밖에 없었다.

거실에 잠시 따뜻한 차를 마시며 마음의 안식을 꾀하고 있을 때. 인기척이 느껴져 나는 고개를 돌렸다.

거기에는 평소보다 옷차림에 신경을 쓴 듯 보이는 나래가 있었다. 그뿐만 아니라 화장도 했는지 평소보다 어른스러운 매력까지 풍겨서…….

"사람 처음 봐?"

넋을 잃어버리고 말았다. 나래의 핀잔에 정신을 차린 나는 이런 상황에서 남자가 당연히 해야 할 말을 했다.

"아, 그게, 응, 정말 잘 어울린다."

내 학습 능력이 이럴 때 발휘가 되는구나. 내 칭찬에 나래는 살짝 미소를 지으며 말했다.

"너도 잘 어울려."

"그, 그래?"

그거 참 다행이다. 나는 어색해 죽겠으니까.

"그럼 가 볼까?"

"응? 어딜?"

나래가 나를 한심하다는 듯이 보았다.

"말했잖아. 데이트한다고."

나는 지금 꿈을 꾸고 있는 거 아닐까. 하지만 이건 꿈이 아닌 현실이다.

"자, 잠깐만. 데이트는 좋은데……."

확실하게 말할 건 말해 놓아야 나래가 오해를 하지 않을 수 있겠지.

"나, 저번에 있었던 일 때문에 괜찮을까?"

"괜찮아. 그럴 줄 알고 정미 누나한테 부탁해서 이걸 받아 왔으니까."

나래가 가슴 사이에서 부적 한 장을 꺼내 내게 건넸다. 나는 그것이 가슴 사이가 아닌 요술로 생긴 공간 속에 있었다는 것을 알면서도 조심스럽게 받아들일 수밖에 없었다.

"이건 뭔데?"

"인식 방해 부적. 사람들이 널 몰라볼 거야."

······이런 식으로 요술을 써도 괜찮은 걸까.

"아니면, 뭐야. 나하고 데이트하는 거 싫어?"

나래가 팔짱을 끼고서 살짝 높아진 음성으로 나를 죽일 수도 있다고 말했기에 나는 재빠르게 고개를 흔들었다.

"아닙니다. 몹시 기대됩니다."

"그러면, 가자."


나래는 나에게 데이트를 한다고 말했다. 그런데 나는 왜 미용실의 의자에 앉아 있는 걸까.

준호 아저씨가 운전하는 고급 승용차에 실려서 도착한 곳은 서울의 번화가에 있는 미용실이었다. 한눈에 봐도 비싸 보이는 미용실에 처음 와 본 나는, 그야말로 뻣뻣하게 굳어 버렸고 그대로 나래의 손에 이끌려 아무 말도 하지 못하고 의자 위에 앉혀져야 했다.

"저기, 나래야?"

내 질문을 듣기도 전에 나래가 말했다.

"너 그동안 머리 제대로 자른 적 없잖아."

……뭐, 그렇지. 머리가 너무 길어져서 눈이 간질거리거나, 귀를 덮으면 간간이 세희가 잘라 주기는 했지만 제대로 다듬은 건 언제인지 잘 모르겠다. 그래서 지금은 좀 더벅머리 청년처럼 되어 있는 상황이지.

"아니, 그래도……."

"내가 싫어서 그런 거야. 나하고 데이트하는데, 머리 스타일이 그래서야 되겠어?"

나래의 밝은 목소리에 나는 당황스러워졌다.

"어머, 남자 친구에요?"

"예, 언니."

당황이 극에 달했다!

나래가! 나를! 남자 친구라고! 인정하다니!

세상에! 말도 안 돼!

저 부끄럼쟁이인 나래가! 저렇게 깔끔하게! 인정할 리가 없는데?!

**오늘 세계가 멸망하려나?!**

내가 혼란에 빠져 있는 동안 미용실 언니와 나래는 남자 친구, 즉 나에 대한 이야기를 시작했다. 그러는 사이에서도 미용실 언니의 가위는 쉴 새 없이 움직였고, 정신이 들어 보니 난생처음 왁스까지 발라 버리고 미용실 밖으로 나와 있었다.

"응. 꽤 괜찮네."

나래의 칭찬에 나는 뭔가 미묘한 기분이 들면서도 기뻤다. 좋아하는 여자애한테 칭찬받는 걸 싫어할 남자는 없잖아?

"그럼 아침 먹으러 가자."

그러고 보니 일어나서 밥을 안 먹었구나.

"어디로?"

"생각해 뒀으니까, 걱정 마."

나래는 밝은 미소를 지으며 내 손을 잡아끌었다.

지난 일주일 동안 보여 줬던 모습과 너무나 다른, 아니, 지금까지 내가 알고 있었던 나래와 너무나 다른 그 모습에…….

나는 위화감을 느꼈지만 이내 그 생각은 사라지고 말았다. 밝게 웃는 나래의 미소에 내 이성이 녹아 버렸으니까.


나래에게 끌려온 곳은 수제 햄버거를 파는 곳이었다. 매장은 아늑하게 작았고 번잡하지 않아서 꽤 괜찮은 곳이었지만…… 나와는 거리가 느껴진다. 세상에, 수제 햄버거라니. 햄버거는 막도날드나 롯다리아 같은 곳에서만 파는 거 아니었어? 거기다 왜 햄버거 하나에 만 원이 넘어가는 거야? 여기 적혀 있는 알 수 없는 단어들은 또 뭔가요.

"뭐 먹을래?"

그런 내게 나래가 난제를 냈다. 나는 생각에 잠긴 척 음~ 하고 소리를 낸 다음 말했다.

"뭐가 뭔지 모르겠으니까 너하고 같은 거로."

나래가 입가를 가리며 웃었다.

"그렇게 긴장할 거 없어."

긴장한 게 아니다.

내게는 맞지 않은 이 럭셔리하고 댄디한 분위기에 기가 눌린 것뿐이야. 하지만 여기까지는 약과였다. 잠시 나래와 이야기를 나누는 사이 처음 보는 음식이 튀어나왔으니까. 수제 햄버거라는 음식은 내가 지금까지 먹어 왔던 햄버거와 다른 음식인가 보다. 분명 위아래로 빵이 있고 그 사이에 고기와 채소가 있는 건 맞는데……. 상당히 두껍다. 위에는 고정 핀이 꽂혀 있고 옆에는 나이프와 포크가 있다. 햄버거라는 건 그냥 두 손으로 들어 베어 먹는 거 아니었나? 왜 이런 알 수 없는 것이 나온 거지?

이건 뭐 어떻게 먹는 거야?

"편하게 먹어. 흉볼 사람 없으니까."

그런 내 고뇌를 눈치챘는지 나래가 대답을 말해 줬다. 하지만 그런 말을 하는 것 치고는 나이프와 포크로 예쁘고 보기 좋게 잘라서 한 입씩 먹고 있어서 설득력이 없다.

"눈앞에 계시는 것 같은데요."

나래가 예쁘게 웃으며 말했다.

"우리 사이에 그 정도로?"

하긴, 그렇지. 이 정도로 흉볼 단계는 이미 옛날에 넘었다. 나래의 말에 따르자.

나는 햄버거를 해체하기 시작했다. 고기가 도망치고 야채가 춤을 추며 빵이 해체된다. 어떻게든 먹긴 먹겠는데 이래서야 햄버거가 아니라 고기와 야채와 빵을 따로따로 먹는 것이나 다름없다. 뭐, 배 속으로 들어가면 다 똑같긴 하겠지만 나래의 표정을 보아하니 내가 한심한 것 같다.

"……하아."

한숨이 나올 정도로.

"……죄송합니다."

어, 어쩔 수 없잖아! 나이프와 포크는 써 본 적이 거의 없으니까!

"그냥 편하게 손으로 먹지?"

"그 정도는 아닙니다."

지금 와서 그러기에는 너무 늦은 감도 있고.

"에휴."

나래가 낮게 한숨을 쉬고는 내 앞의 접시를 자기 쪽으로 끌고 간다. 설마 나보고 굶으라는 건 아니겠지?! 두려움에 떨고 있는데 나래가 나이프와 포크를 들고서 솜씨 좋게 내 햄버거를 예쁘게 잘랐다.

그리고.

"아, 해."

내게 포크를 들이밀었다.

"……예?"

현 상황을 제대로 이해 못 한 나는 멀뚱멀뚱 나래의 손에 들린 포크와 그 끝에 찍혀 있는 햄버거 조각을 바라보았다. 분명 먹기 좋게 잘라져 있긴 한데, 나래가 저걸 나에게 들이민 이유가 무엇일까. 설마 나보고 입을 벌려서 저걸 받아먹으라고 하는 건가? 그런 건가?

하하하하, 꿈도 크시지. 우리 나래 님께서 그런 부끄러운 짓을 할 리가 없잖아. 안 그래?

"장난······이지?"

그런데 왜 그렇게 무시무시한 눈으로 나를 보고 계십니까, 나래 님.

"내가 이런 일 가지고 장난하는 사람으로 보여?"

아니요. 이런 장난을 치느니 내 옆구리를 꼬집거나 정강이를 발로 차거나 무광색 너클을 끼고 저를 위협하겠지요.

"싫으면 관둬."

나래가 살짝 삐친 듯, 흥 하고 고개를 돌리며 손을 뒤로 뺀다. 그제야 제정신을 차린 나는 재빨리 말했다.

"아닙니다! 잘 먹겠습니다!"

나는 몸을 앞으로 숙이면서 입을 벌려 나래가 잘라 준 햄버거를 입에 넣었다. 육즙 하나라도 놓칠까 보냐 싶어 입술을 꽈악 다물고 포크까지 빨아 먹을 기세로 열심히 먹었다.

나래 님께서 잘라 주신 햄버거의 맛, 평생 잊지 않겠습니다!

"맛있네."

확실히 아까 먹은 햄버거 해체 음미와는 맛이 다르다. ······ 그런데 나래는 왜 자기 포크를 유심히 보는 걸까. 내 시선을 눈치챘는지 나래가 포크를 내려놓으며 힐난하듯 말했다.

"너, 진짜 이런 쪽에는 무신경하네."

"응?"

"이렇게까지 침 잔뜩 묻힐 것까지는 없잖아?"

"……아."

그러고 보니 내 포크가 아니라 나래 거였지.

"미안."

"괜찮아. 어차피 같이 밥 먹은 게 몇 번인데, 뭐."

그렇게 말하고서 나래는 아무것도 찍혀 있지 않은 포크를 냠, 하고 입에 물었다.

나래와 달리 내 얼굴은 햄버거에 들어간 토마토만큼 붉어졌다.


수제 햄버거 하나를 먹기 위해서는 상당한 심력이 필요하다는 것을 깨우친 아침 식사를 끝내고, 나래는 나를 데리고 영화관에 갔다. 일요일이라 사람이 많았지만 나래는 미리 예매를 해 두었는지 기계에서 표를 꺼내 내게 건넸다.

"뭐 좋아할지 몰라서 내가 마음대로 골랐어. 괜찮지?"

나래와 단둘이서 영화를 보는데 그게 뭐든 불만이 있을 리가 있나.

"응."

나래가 고른 건 나와 비행 소녀라는 영화였다. 하늘을 나는 소녀와 하늘을 동경하는 소년의 이야기를 적은 라이트노벨이 원작이라는데 자세한 건 직접 봐야 알겠지. 재밌으려나.

"뭐 먹을래?"

나는 고개를 흔들었다. 밥 먹은 지 얼마 되지도 않았으니까. 나래도 그다지 끌리는 게 없는 것 같다.

"그럼 들어가자."

그리고 나는 영화관에 들어가고 나서야, 나래가 잡은 자리가 스위트 박스라는 것을 깨달았다.

그렇다. 스위트 박스. 연인들을 위해 준비된 자리 말이야. 좌석 자체가 이어져 있고 중간에 팔걸이도 없는 그거 말이야.

나는 생애 나와 인연이 없을 것 같은 그 자리와 표를 번갈아 보았다. 확실히 나래가 예매한 표는 이 자리가 맞다. 그런데 왜 나는 내 눈을 의심하게 되는 건가. 내가 연인들의 전용 좌석인 이곳에 앉아도 되는 것인가. 옆에 앉은 연인들처럼 딱 달라붙어도 되는 것인가.

온갖 의문이 머릿속을 스쳐 지나간다.

"뭐해?"

그에 반해 나래는 한 치의 의심 없이 먼저 자리에 앉았다. 그것만으로 부족한지 비어 있는 자기 옆자리를 손으로 툭툭 두드린다.

"안 앉아?"

"아, 아니……."

이상하다. 응. 확실히 이상해.

나래는 그 누구보다 부끄럼이 많다. 자신의 속마음을 숨기기 위해서 폭력이라는 최악의 방법을 선택할 정도로 말이야.

그런데 오늘은 무슨 각오라도 한 듯, 있는 그대로의 자신을 내보이고 있다. 그 사실에 당황하고 있을 때.

"정말."

나래가 내 손을 잡아 억지로 자신의 옆에 앉혔다.

"뭘 그렇게 부끄러워해. 집에서는 만날 옆에 잘도 앉으면서."

"자, 장소가 다르잖아, 장소가."

어두운 영화관 내에서도 나를 한심하다는 듯 쳐다보는 나래의 표정이 선명하게 보인다.

"왜?"

"그런 거 신경 쓰는 애가 TV 앞에서 잘도 옷을 벗……."

"그 이야기는 꺼내지 말아 주세요."

"그러면, 자."

나래가 내게 손을 내민다. 지금 이야기의 흐름과 나래가 손을 내민 것에 어떠한 연관 관계가 있을까 생각을 하기에 앞서, 나는 반사적으로 나래의 손을 잡았다. 나래가 미소를 지으며 내 머리를 쓰다듬었다.

"참 잘했어요. 이제 좀 남자 친구답네."

덕분에 내 심장이 미칠 듯이 뛰기 시작했다. 그것은 단순한 기쁨뿐만이 아닌…….

하루아침에 변한 나래의 태도에 대한 두려움.

사람이 변하는 것은 쉬운 일이 아니다. 그만 한 이유가 필요하다. 그렇다면 나래는 무슨 이유로 지금 나에게 이리 살갑게 대하는 것일까. 나는 그 점이 궁금했다.

"저, 저기, 나래야."

무슨 일 있었냐고, 물으려는 순간. 조명이 어두워졌다.

"아, 시작한다."

나래는 그 말을 끝으로 내 손을 잡은 채로 고개를 돌렸다. 그래도 나는 뭐라 말을 하려 했지만. 나래가 내 손을 꼬옥 쥐었다. 마치 지금은 아무 말도 하지 말아 달라는 듯이. 나는 어쩔 수 없이 입을 다물었다.


나래는 그 후에도 나를 이곳저곳, 쉴 새 없이 데리고 다녔다. 카페에 앉아 이야기를 나누고, 같이 점집에 가서 점을 보기도 하며, 화장품 전문점에 들어가서 왕자님이라는 소리를 듣게 하는 등. 평범한 연인들이 데이트 코스로 갈 만한 곳을 돌아다녔다.

처음에는 나래의 태도 변화에 의아해했던 나도, 결국은 나래와의 데이트 자체를 즐기게 되었다.

그리고 레스토랑에서 저녁을 먹고 한강변을 산책하고 난 뒤, 나래는 나를 그리운 곳에 데려왔다.

"여기도 오랜만이네."

"그러네."

이곳은 나와 나래가 처음 만났던 곳. 그리고 나와 나래의 잊을 수 없는 추억이 생겨난 곳이다. 다시 말해, 어렸을 때 나와 나래가 다녔던 유치원이다. 이미 늦은 시간이기에 문은 닫혔고 놀고 있는 아이들도 없다. 가을이라 그런지 벌써 해도 저물어 가고 있으니까.

하지만 나는 이맘때도 이곳에서 혼자 놀곤 했었다.

나래는 아무 말 없이 유치원의 놀이터에 들어가 그네에 앉았다. 나도 그 옆에 앉을까 했지만 그러는 건 좀 부끄러워서 난 근처 아동용 철봉에 엉덩이를 기댔다.

나도 많이 컸구나. 옛날에는 여기서 나래와 거꾸로 오르기를 경쟁하곤 했는데.

"그러고 보니까, 내가 말 안 했었지?"

나래의 말에 추억에서 벗어났다.

"응?"

"여기 유치원에 다닌 이유."

"어, 응."

신경 쓰지 않았다고 말하는 게 맞겠지. 나래의 집 안이라면 좀 더 비싼 사립 유치원에 다녀도 이상하지 않다. 하지만 나래는 집과 멀리 떨어져 있는 이 유치원에 다녔다. 조금 나이가 들고 나서는 이상하게 여겼지만, 이내 뭐 어떠냐~ 식으로 넘어갔었다. 하지만 지금은 알고 있다. 나래가 이 유치원에 다녀야 했던 이유를.

아마도, 세희 때문이겠지.

"내가 아빠를 너무 잘 따르니까 엄마가 걱정돼서 날 여기로 보냈대. 아빠하고 좀 떨어져 지내라고."

……사람이 살다 보면 헛다리도 좀 짚을 수 있는 겁니다.

"하긴, 생각해 보니까……. 그때는 좀 파더콘 기질이 많았지."

고개를 끄덕이며 한 말에 나래가 팔짱을 끼고 흥! 하고 고개를 획 돌렸다.

"그 정도는 아니었어. 아빠고 엄마고 너무 진지하게 받아들인 거야."

아니라고 말했다가는 나래의 살인 광선에 당할 것 같기에 나는 아무 말도 하지 않았다.

"그래도 덕분에 널 만났으니까 상관없나?"

나래가 웃었다. 그 미소가 너무나 환해서 내 가슴이 두근두근 뛴다. 그 두근거림을 숨기기 위해 일부러 퉁명스럽게 말한다.

"나는 좀 상관있었다고."

나래가 째려봐도 계속해서 이야기한다. 안 그러면 내 얼굴이 붉어지는 걸 막을 수 없을 테니까.

"왜."

"갑자기 부잣집 아가씨가 와서 애들한테는 장난감을, 선생님들한테는 명품백 같은 걸 막 선물해서 유치원을 휘어잡았잖아."

나래의 얼굴이 확 붉어졌다.

"그, 그때는 나도 어렸잖아."

……기억해 보면 나래는 어렸을 때가 더 무서웠다. 어떻게

사람 위에 설 수 있는지 아는 영악한 아이였지.

"그리고. 그 말은 네가 하면 안 되지."

뜨끔하다.

"뭐, 뭐가."

슬쩍 시선을 피하면서도 힐긋힐긋 나래를 보니 입가에 장난꾸러기 같은 미소가 걸려 있었다.

"너도 장난이 아니었잖아. 애들이 널 동경하고 그런 거 기억 못 해?"

기억하고 있습니다. 부끄러운 과거이지요. 기억하고 싶지 않은 과거입니다. 상처투성이죠. 언급하지 말았으면 하는 일입니다.

아아아아아아아아아아아!!

기억이이이이이이이! 안 난다아아아아아아아아아아!

다 잊어버렸다아아아아아아아아아아아!!

"기, 기억이 안 나는데."

"바보."

나래는 내가 하는 거짓말을 눈치챌 수 있지.

"뭐 어쨌든."

나래가 그네에서 일어났다.

"그때 내가 한 약속, 아직 기억하고 있어?"

나와 나래가 친구가 되었던 날을 말한다는 것을 나는 알 수 있었다. 그때, 나래는 내가 가장 듣고 싶었던 말을 해 줬다.

"당연하지. 아마 평생 동안 기억할걸."

그날이 있기에 지금의 내가 있다. 나 같은 놈도 다른 사람에게 받아들여질 수 있다는 것을 깨달았다. 그런 내 인생의 기념일을 잊을 수 있을까.

"그래."

나래가 희미한 미소를 지었다. 그 미소가 어딘가 덧없어 보인다고 느껴질 때.

바람이 불었다.

나래의 머리카락이 흩날린다.

나래가 머리카락을 쓸어 넘기며 나를 본다. 그 아련한 분위기에 나는 아무 말도 할 수 없었고, 나래가 말했다.

"성훈아. 오늘은 내 부탁 들어주는 날이지?"

왜 그걸 저렇게 슬픈 표정으로 말하는 걸까.

"어, 응. 그래서……."

'데이트한 거잖아?' 라는 말은 나오지 않았다.

나래는 나와 데이트를 하고 싶다고 말한 적이 없으니까.

잠깐. 그러면 나래는 내게 뭘 부탁하고 싶은 거지?

"그러면 성훈아."

내가 답을 내기 전에 나래가 말했다.


"그때의 약속……, 잊어 줘."


가슴속에서 알 수 없는 뭔가가 덜컥 내려앉는다.

나래의 말에 담긴 뜻을 이해하는 데 시간이 걸렸다.

그리고 내가 나래의 말을 이해했을 때, 내 입이 제멋대로 움직였다.

"자, 자, 자, 잠깐, 나래야. 그, 그게, 어, 그러니까, 뭐? 아니, 어, 뭐라고? 자, 잠깐만, 진짜? 어? 잠깐만, 지금, 어, 왜? 그게 부탁이야? 아, 아니, 진짜?"

말이 제대로 나오지 않는다. 생각이 이어지지 않는다.

"지금은 나 말고도 네 곁에 있어 주는 아이들이 많잖아? 그 약속, 이제 지키지 않아도 넌 괜찮으니까."

**약속.**

그 단어가 나를 냉정하게 만들었고, 결국 나는 한 마디 말을 꺼낼 수 있었다.

"나래야, 갑자기 무슨 말이야?"

그런 내게 나래는 쓸쓸한 미소를 지으며 말했다.

"갑자기가 아니야."

징조는, 있었다.

"너도 알고 있잖아."

사고가 멈춰 버렸다.

"난 이제 네 곁에 없어도 된다는 거."

멈춰 버린 세계 속에서 나래의 목소리만이 들려온다.


"그동안 많이 고민했어."


*성훈이하고 네가 그런 걸 당연하다고 생각해도 나는 아니야.*

"너한테 말도 했었고."

*나도 슬슬 한계야.*

"눈치도 많이 줬다?"

*나래가 살짝 아랫입술을 씹었다.*

"알아줬으면 했어."

*화를 참고 있는 게 아니라 정말로 화 자체가 안 난 것 같다.*

"너무 괴로워서……. 이상한 생각도 들었어."

*그래? 난 성훈이가 차라리 여자라면 좋을 것 같은데.*

"그런데……. 넌 모르는 척하더라."

*나는 가능성에서 눈을 돌렸고 세희는 그런 나를 비웃었다.*

"다 알고 있었으면서 말이야."

힐난 같은 말에, 나는 정신이 들었다.

그래. 나는 알고 있었다. 나래가 이상하다는 것을. 뭔가 이상하다는 것을. 요 일주일간, 나래의 태도가 평소와 다르다는 것을. 하지만 신경 쓰지 않았다. 간과했다. 생각하지 않았다. 받아들이지 않았다.

보류라는 답에 안주했다.

단순히 믿고 있었다. 맹목적으로 믿고 있었다.


나래가 나를 버리는 일은 없을 거라고 믿고 있었다.


약속.

그 약속 하나에 기댄 채 안주했다.


그 죄를.

그 만용을.

그 어리석음을.

그 무모함을.


"그러니까."

그렇기에 지금의 나는 그 대가를 받는 거다.

"내가 결심했어."

스스로에 대한 죄책감이 너무나 커서.

"성훈아."

나는 아무런 말도 할 수 없었다.

"미안해."

나래가 내게 다가왔다. 내 두 어깨를 살포시 잡고 고개를 기울인다. 점점 나와 나래의 사이가 가까워졌고.

나래가 내게 키스했다.

그저 입술만이 닿는, 어린아이 같은 가벼운 입맞춤. 하지만 그럼에도 그 입술에서 느껴지는 열기는 뜨거웠고, 나의 심장을 고동치게 만들었다.

그것은 기쁨과 행복, 그리고 흥분……과는 명백히 다른 이유였다.


그것은 두려움.


끝맺음의 의식에 대한 공포.



"성훈아."


공포에 사로잡힌 나는 무엇이라도 말하려고 했다. 그게 무엇이라도 좋다. 나래가 말을 못 하게 만든다면, 그것으로 족했다.

하지만 그에 앞서.

"널 사랑했어."

내 심장이 멈춰 버렸다.

# 끝나버린 이야기

인간은 완벽하지 않다.

인간은 실수를 저지를 수밖에 없는 생물이다.

심지어 나조차 실수를 범한다.

중요한 것은 사소한 실수인가, 중대한 실수인가.

수습할 수 있는 실수인가, 돌이킬 수 없는 실수인가. 그것만
이 다를 뿐.

그렇다면 그가 저지른 실수는 어떤 것일까.

그 대답은 자신만이 알 수 있다.

하지만 그는 답을 내는 것을 무서워한다.

최악의 결론이 나올 것을 무서워한다.

아니. 아니다.

그는 그녀와의 약속을 깨는 것이 무서운 거다.

자신마저 그녀와의 약속을 깨는 것이 두려운 거다.

자신만이라도.

자신만이라도 그녀와의 모든 약속을 지키고 기다린다면.

그녀가 다시 돌아와 주지 않을까. 그런 헛된 기대를 가지고 있는 거다.

단순한 현실 도피. 그렇다. 현실 도피다. 그는 지금 현실 도피를 하고 있다.

그는 아직 어린아이.

스스로 만든 세계에 안주하여 최악의 결과를 불러일으켰다는 잘못을 받아들이기에 그의 정신은 여리다.

# "아아아아아아아아아아아아아악! 시바아아아아아알!! 시바아아아아알!!"

그가 누구도 들어오지 말라고 못 박아 둔 후.

방 안에서 들려오는 광기에 찬 비명 소리에 모든 분들이 당혹감을 감추지 못하고 있다.

처음이겠지. 그의 저런 모습은.

그리고 자신들이 지금 이 순간만은 그에게 어떠한 도움도 될 수 없다는 사실에 당혹감과 무력감과 공포를 느끼고 있다.

나?

나는 다르다.

나는 이해하고 있다.

그에게 있어 그녀가 어떤 의미를 가지고 있는 사람인지 알기 때문에.

그가 지금 어떤 기분인지.

그렇기에 나는 잠시 그가 녹초가 될 때까지 현실에서 완전히 눈을 돌리기로 했다.

내가 주인님이라고 인정한 남자가 피아노를 같이 치던 친구가 죽는 모습을 본 주인공처럼 폐인이 되어 버린 꼴은 솔직히, 보고 싶지 않으니까.

─ ◆ 본 작품의 의견, 감상을 기다리고 있습니다 ◆ ─

보내실 곳 _

서울시 구로구 디지털로 26길
111 JnK디지털타워 503호
우편번호 152-848
㈜ 디앤씨미디어 시드노벨 편집부

카넬 작가님 앞
영인 작가님 앞

**카넬 시드노벨 저작 리스트**

# 나와 호랑이님 11

1판 1쇄 발행 2014년 10월 1일
1판 7쇄 발행 2019년 6월 14일

지은이_ 카넬
발행인_ 신현호
편집장_ 이환진
책임편집_ 유석희
편집부_ 유석희 송영규 이호훈
편집디자인_ 한방울
국제업무_ 정아라 전은지
영업 · 관리_ 김민원 조인희

펴낸곳_ (주) 디앤씨미디어
등록_ 2002년 4월 25일 제 20-260호
주소_ 서울시 구로구 디지털로 26길 111 JnK디지털타워 503호
전화_ 02-333-2513(대표)
팩시밀리_ 02-333-2514
E-mail_ seednovel@dncmedia.co.kr
홈페이지 www.seednovel.com

값 6,500원

©카넬, 2014

ISBN 978-89-267-9800-3 04810
ISBN 978-89-267-8052-7 (SET)

오트슨 지음
INO 일러스트

# 허공 말뚝이 상 · 하

**기억을 잃은 소녀, 미얄의 일상을 지키는 말뚝이 이야기가 시작된다!**

미얄은 언니 소무와 함께 섬에서 살아가고 있었다. 언니의 말에 따르면 자신이 아버지를 잃은 충격으로 말미암아 기억을 잃었다고 하는데, 미얄은 묘하게 그 말에 실감을 하지 못한다. 온라인 게임중독에 빠진 뭔가 미덥지 않은 언니와 함께 살아가고 있지만, 가끔 찾아오는 아버지의 옛 조수라는 민오라는 사람에게 줄 초콜릿 선물은 이상하게 신경 쓰였다.

미얄은 아직 알지 못했다. 세 사람이 누리는 이 평온한 일상이 누가 어떻게 지키고 있는지. '민오'의 바람은 오직 기억을 잃은 소녀의 일상을 지키는 것일 뿐이지만, 세계는 저주받은 아망파츠의 힘을 원하고 있었는데…….

*미얄 시리즈 1부 '추천'과 2부 '정장' 사이의 사건을 다룬*
*새로운 스핀오프 전격 출간!*

강명운 지음
Cherrypin 일러스트

# 꼬리를 찾아줘! **1**~**10**

**이날 영민은 완벽하게 죽었다.**

오늘도 월화에게 애정표현을 하려다가 주마등을 보게 되고, 샤오얀에게 아까 천해 공주와 밀실에도 단둘이 무슨 일이 있었던지에 대해 목검으로 추궁받는 영민의 일상.

이렇게 생명의 위기를 넘나드는 느긋한(?) 일상이지만 그 이면에선 드디어 월화의 마지막 꼬리를 손에 넣은 은호의 음모가 진행 되고 있었다.

천해 공주를 습격하고 하림과 서희를 인질로 잡아간 은호. 뜻밖에도 은호가 요구한 대상은 월화가 아닌 영민이었다.

[너와 관계된 요괴들의 목숨이 아까우면 너 혼자 아래의 장소로 와라.]

이에 영민을 비롯한 모두는 이것이 은호의 함정임을 직감하는 데…….

*대단원의 끝을 고하는, 한국 전기 러브코미디 라이트노벨*
*그 열 번째 마당!*

오트슨 지음
INO 일러스트

# 미얄의 정장 **1**~**7**

## 자, 꿈을 죽일 시간이다.

돌아온 일상을 누리는 장민오 장세미 남매 앞에, 불길한 분위기의 소녀가 나타난다. 좌중이 얼어붙을 정도로 훌륭한 피아노 솜씨를 선보이는 소녀 '진아란'. 민오는 이상하게 그 소녀가 신경이 쓰이고, 세미는 그런 오빠의 모습에 짜증과 불안을 느낀다.

그리고 다음날, 이변이 일어났다. 등굣길에는 소녀들이 '웨딩드레스'를 입고 있는 모습이 민오의 눈앞에 펼쳐지고, 여동생 세미 역시 모습을 또다시 감추고 만다. 어째서 이런 일이? 혼란에 빠진 민오 앞에, 또다시 미얄이 등장하고 사태는 기괴한 형태로 흘러가게 되는데…….

*작가 오트슨이 선보이는 고딕전기로망 시리즈 7권*
*전격 출간!*